Estudio en escarlata

T0124993

Biblioteca Sherlock Holmes

Arthur Conan Doyle
Estudio en escarlata

Traducción de Sara Morales Loren

 Planeta

Obra editada en colaboración con Editorial Planeta – España

Título original: *A Study in Scarlet*

Arthur Conan Doyle

© Traducción: Sara Morales Loren
Traducción cedida por EDIMAT LIBROS S.A.

© 2022, Editorial Planeta, S. A. – Barcelona, España

Derechos reservados

© 2022, Editorial Planeta Mexicana, S.A. de C.V.
Bajo el sello editorial BOOKET M.R.
Avenida Presidente Masarik núm. 111,
Piso 2, Polanco V Sección, Miguel Hidalgo
C.P. 11560, Ciudad de México
www.planetadelibros.com.mx

Diseño de la colección: Booket / Área Editorial Grupo Planeta
Ilustración de portada: © Birgit Palma

Primera edición impresa en España en Booket: marzo de 2022
ISBN: 978-84-08-25509-3

Primera edición impresa en México en Booket: junio de 2022
ISBN: 978-607-07-8793-5

Impreso en los talleres de Impresora Tauro, S.A. de C.V.
Av. Año de Juárez 343, Colonia Granjas San Antonio, Iztapalapa,
C.P. 09070, Ciudad de México.
Impreso en México – *Printed in Mexico*

Biografía

Arthur Conan Doyle (1859-1930) nació en Escocia y es conocido principalmente por haber creado al famosísimo personaje Sherlock Holmes, el detective más ilustre de todos los tiempos, versionado para televisión y cine de forma continua. Tras cortos periodos como cirujano, médico e incluso oftalmólogo, se centró de lleno en la escritura de las aventuras detectivescas que le otorgaron el reconocimiento como escritor. Autor de obras tan célebres como *Estudio en escarlata*, *El signo de los cuatro*, *Las aventuras de Sherlock Holmes* o *El sabueso de los Baskerville*, Doyle confeccionó otra gran serie de novelas de ciencia ficción y aventuras protagonizadas por el profesor Challenger, también trasladadas a la ficción audiovisual.

PRIMERA PARTE

Impreso a partir de las memorias de John H. Watson,
doctor en Medicina y médico militar

1

Mr. Sherlock Holmes

En el año 1878, recién licenciado en Medicina por la Universidad de Londres, me dirigí a Netley para seguir el reglamentario curso dirigido a los cirujanos militares. Una vez terminé mis estudios allí me destinaron al Quinto Regimiento de Fusileros Northumberland en calidad de cirujano ayudante. El regimiento estaba en aquella época destacado en la India y antes de que pudiera unirme a él estalló la segunda guerra afgana. Al llegar a Bombay me enteré de que mi ejército se había abierto paso y se había adentrado en territorio enemigo. Lo seguí acompañado de muchos oficiales que estaban en mi misma situación y conseguimos llegar sanos y salvos a Kandahar, donde encontré a mi regimiento y me incorporé de inmediato a mis nuevas obligaciones.

Esta campaña permitió el ascenso de muchos y proporcionó honores también a muchos, pero a mí solo me trajo problemas y desgracias. Fui transferido de mi brigada a las tropas de Berkshire, con quienes serví durante la terrible batalla de Maiwand. Allí, una bala je-zail[1] me hirió en el hombro. La bala destrozó el hueso y rozó la vena subclavia. De no haber sido por el valor y la devoción de Murray, mi ordenanza,[2] quien me subió a lomos de un caballo de transporte y consiguió llevar-me hasta las líneas británicas, hubiese caído con toda seguridad en manos de los sanguinarios *ghazis*.[3]

Doblegado por el dolor y muy debilitado debido a todas las penalidades sufridas, fui trasladado junto con un gran número de heridos al hospital de campaña, si-tuado en Peshawar. Allí me recuperé, y ya había mejo-rado lo bastante como para dar paseos por los pabello-nes e incluso para holgazanear al sol en el porche, cuando sufrí unas fiebres intestinales, la maldición de nuestras colonias en la India. Durante meses me debatí entre la vida y la muerte y cuando, finalmente, me recu-peré y me convertí en un convaleciente, un tribunal médico dictaminó que, dada mi debilidad y lo consu-mido que estaba, no debía retrasarse ni un día mi vuel-ta a Inglaterra. De manera que me subieron a bordo del transporte de tropas Orontes y un mes más tarde de-sembarqué en el malecón de Portsmouth, con mi salud dañada de forma irreversible y un permiso de nueve meses del paternal Gobierno durante el cual debía in-tentar mejorarla.

1. El jezail, llamado *jezzail* en idioma Pastún, es un arma larga utilizada en la India británica, el Asia Central y en partes del Orien-te Medio. *(N. de la E.)*

2. Soldado ayudante encargado del caballo del oficial que lle-vaba la silla de montar con su equipo durante una campaña. *(N. de la E.)*

3. Soldados musulmanes que luchan contra los que no profe-san el islam. *(N. de la E.)*

No tenía ni un solo pariente en Inglaterra y era, por tanto, libre como el viento. O al menos tan libre como permitieran serlo unos ingresos de once chelines y seis peniques al día. Dadas las circunstancias, como es natural, me asenté en Londres, ese gran pozo séptico que acaba engullendo a todos los vagos y maleantes del imperio. Durante algún tiempo me alojé en un hotel del Strand, tiempo en el que seguí una confortable existencia carente de cualquier propósito y durante el que gasté todo el dinero del que disponía con mucha más generosidad de la aconsejada. El estado de mis finanzas llegó a ser tan alarmante que me di cuenta de que habría de abandonar la metrópoli y asentarme en alguna localidad más rústica, o bien cambiar por completo mi estilo de vida. Una vez tuve claro que prefería la segunda opción, tuve claro también que tenía que abandonar el hotel y buscar un alojamiento menos pretencioso y más barato.

El mismo día en el que llegué a dicha conclusión, mientras estaba en el bar Criterion, alguien me golpeó en un hombro por detrás y al girarme descubrí al joven Stamford, quien había sido ayudante a mis órdenes en Barts. Hasta a un hombre solitario le agrada encontrarse con una cara conocida en la selva inhóspita que es Londres. En el pasado, Stamford y yo no habíamos sido íntimos precisamente, pero en aquel momento le saludé con entusiasmo y, a su vez, él parecía encantado de haberse encontrado conmigo. En un arranque de entusiasmo le invité a comer conmigo en el Holborn y los dos nos montamos en un carruaje para dirigirnos allí.

—¿Qué has estado haciendo, Watson? —me dijo con un nada disimulado asombro mientras traqueteábamos a través de las transitadas calles de Londres—. Estás flaco como un palo y negro como un tizón.

Le hice un resumen de mis aventuras y terminé mi relato prácticamente en el momento en el que llegábamos a nuestro destino.

—¡Pobrecillo! —dijo compasivamente después de escuchar el relato de todas mis desgracias—. ¿Y qué piensas hacer ahora?

—Encontrar alojamiento —respondí—. Intento encontrar una habitación confortable a buen precio.

—Es curioso —comentó—, eres la segunda persona que me dice esas palabras hoy.

—¿Quién fue la primera? —pregunté.

—Un tipo del hospital que trabaja en el laboratorio de química. Esta mañana se lamentaba de no poder encontrar con quién compartir el alquiler de unas habitaciones muy agradables que había encontrado y cuyo precio es demasiado alto para su bolsillo.

—¡Por todos los demonios! —exclamé—. Si de verdad quiere compartir el apartamento y los gastos, soy el hombre que está buscando. Prefiero vivir con alguien a seguir solo.

El joven Stamford me miró por encima de su copa de vino.

—Todavía no conoces a Sherlock Holmes —dijo—. A lo mejor no te gusta lo bastante como para tenerle de compañero todo el tiempo.

—¿Y eso? ¿Qué defectos tiene?

—Yo no he dicho que tenga ningún defecto. Tiene unas ideas un tanto particulares... Es un entusiasta de ciertos campos de la ciencia. Por lo que sé, es bastante buen tipo.

—Estudiante de Medicina, supongo —dije.

—No. No tengo ni la menor idea de a qué se dedica. Creo que sabe bastante de anatomía y es un químico de primera; pero, por lo que sé, jamás ha seguido ningún curso de medicina. Sus estudios son excéntricos e inconexos, pero su nivel de conocimientos, por poco ortodoxo que sea el método con el que los ha conseguido, asombraría a cualquiera de sus profesores.

—¿Nunca le has preguntado a qué se dedica? —pregunté.

—No; no es fácil sonsacarle. Aunque es bastante comunicativo cuando decide serlo.

—Me gustaría conocerle —dije—. Si he de compartir alojamiento con alguien, prefiero que sea una persona tranquila y dedicada al estudio. Todavía no estoy lo suficientemente recuperado como para soportar jaleo y muchas emociones. Es más, en Afganistán he tenido ambas cosas en cantidad suficiente para el resto de mis días. ¿Cómo podría ponerme en contacto con tu amigo?

—Seguro que está en el laboratorio —replicó mi compañero—. Tan pronto no aparece en semanas como trabaja allí noche y día. Si te apetece, podemos pasarnos por allí después de comer.

—Desde luego —contesté, y la conversación rápidamente discurrió por otros derroteros.

Mientras íbamos hacia el hospital después de la comida en el Holborn, Stamford me contó algo más del caballero con el que me proponía compartir alojamiento.

—No me eches la culpa si no consigues entenderte con él —dijo—. Lo único que sé de él es lo que he visto las pocas veces que me he encontrado con él en el laboratorio. Has sido tú quien ha propuesto este apaño, así que no me hago responsable si no te llevas bien con él.

—Si no nos llevamos bien, será bien sencillo separarnos —respondí—. Me parece, Stamford —le dije mirándole fijamente—, que te lavas las manos de este asunto por algo. ¿Tan mal carácter tiene o qué demonios pasa con él? Habla claro y no te andes por las ramas.

—No es fácil ponerle palabras a algo así —respondió con una carcajada—. Holmes es excesivamente científico para mi gusto..., roza la frialdad. Me lo imagino perfectamente inyectándole un alcaloide a un amigo suyo, no por maldad, no me malinterpretes, sino para comprobar qué efectos tiene exactamente, por puro espíritu científico. Siendo justo con él, creo que estaría igualmente dispuesto a inyectárselo él mismo. Parece estar obsesionado con el conocimiento exacto.

—Eso es muy bueno.

—Sí, pero sin pasarse. Cuando ese afán lleva a golpear los cadáveres de la sala de disección con un palo, francamente adquiere un tinte bizarro.

—¿Golpea los cadáveres?

—Sí. Para comprobar hasta qué punto pueden aparecer cardenales tras el fallecimiento del sujeto. Le he visto hacerlo con mis propios ojos.

—¿Y dices que no es estudiante de Medicina?

—No. Dios sabe qué es lo que realmente estudia. Pero ya hemos llegado y debes formarte tu propia opinión acerca de él.

Mientras hablaba habíamos avanzado por un sendero estrecho y habíamos atravesado una pequeña puerta lateral que nos introdujo en una de las alas del enorme hospital. Conocía el lugar y no necesité que me guiase por la blanquecina escalera de piedra, ni a través del pasillo blanqueado de puertas del mismo color que la arena. Cerca de su extremo más alejado, se abría un pasadizo abovedado de techo bajo que conducía al laboratorio de química.

Era esta una estancia de altos techos abarrotada de innumerables frascos. Diseminadas por toda la sala había enormes mesas bajas llenas de retortas, tubos de ensayo y pequeños mecheros Bunsen con sus trémulas llamas azules. En la habitación había un único estudiante, totalmente absorto en su trabajo, que se inclinaba sobre una de las mesas. Al oír nuestros pasos, miró a su alrededor y se puso en pie de un salto con una exclamación de alegría.

—¡Lo encontré, lo encontré! —gritó a mi compañero mientras corría hacia nosotros empuñando un tubo de ensayo—. He encontrado un reactivo que precipita única y exclusivamente en presencia de hemoglobina. —De haber descubierto una mina de oro, no habría demostrado más entusiasmo.

—Doctor Watson, el señor Sherlock Holmes —dijo Stamford a modo de presentación.

—¿Cómo está usted? —me dijo estrujándome la mano con una fuerza de la que nunca le hubiese creído capaz—. Ha estado en Afganistán, por lo que veo.

—¿Cómo demonios lo sabe? —le pregunté asombrado.

—Da lo mismo —dijo riéndose para sí—. Lo que importa ahora es la hemoglobina. No dudo de que se dan cuenta de la importancia de este descubrimiento mío.

—Sin duda, tiene un cierto interés químico —respondí—, pero en el terreno práctico...

—Señor mío, se trata del descubrimiento medicolegal más práctico en años. ¿No se da cuenta de que proporciona un método infalible para detectar si una mancha es de sangre o no? ¡Venga aquí! —En su entusiasmo, me agarró por una manga del abrigo y me arrastró hasta la mesa en la que había estado trabajando—. Tomemos algo de sangre fresca —dijo clavándose una aguja de gran longitud en un dedo y aspirando con una pipeta la gota que obtuvo—. Ahora introduciré esta gota de sangre en un litro de agua. Como verá, la mezcla resultante parece agua pura. La proporción de sangre no puede ser superior a una parte por millón. Y, sin embargo, estoy seguro de que obtendré la reacción química característica.

Mientras hablaba echó dentro del mismo recipiente unos pocos cristales blancos y unas gotas de un líquido transparente. En un momento el contenido se tornó de color caoba y en el fondo de la jarra de cristal precipitó un polvillo marrón.

—¡Ja, ja! —gritó, aplaudiendo y tan entusiasmado como un niño con zapatos nuevos—. ¿Qué le ha parecido?

—Parece un ensayo muy preciso —comenté.

—¡Es fantástico, fantástico! El antiguo ensayo que utilizaba madera de guayacán era demasiado pesado y poco fiable. Y lo mismo ocurre con la inspección al microscopio en busca de corpúsculos de sangre. Esta, además, es inútil si las manchas de sangre tienen unas pocas horas. Sin embargo, parece que este funciona igual de bien con sangre vieja que con sangre nueva. Si se hubiese inventado este ensayo antes, muchos hombres que hoy caminan libres por el mundo habrían pagado hace tiempo sus crímenes.

—¡Desde luego! —murmuré.

—En los juicios penales se llega a este punto continuamente. Se sospecha que un hombre es el culpable de un crimen que se cometió hace, quizá, meses. Al examinar sus ropas se descubren manchas de color marrón. ¿Son de tierra, sangre, óxido, fruta o de qué exactamente? Esta es una cuestión que durante tiempo ha despistado a todos los expertos. ¿Y por qué? Porque todavía no había ningún ensayo fiable. Pero ahora ya existe el ensayo Sherlock Holmes, con lo que toda dificultad desaparece.

Le brillaban los ojos al hablar y, con la mano en la cabeza, hizo una reverencia, como si saludase a una multitud producto de su imaginación.

—Hay que felicitarle —dije, muy sorprendido por su entusiasmo.

—Si este ensayo hubiese existido el año pasado cuando el caso Von Bischoff en Fráncfort, él habría acabado sin duda en la horca. Y luego tenemos a Mason en Bradford y el famoso Muller, y Lefevre en Montpellier, y el caso Samson en Nueva Orleans. Puedo dar toda una lista de casos en los que habría sido decisiva esta prueba.

—Parece usted un anuario ambulante del crimen —dijo Stamford entre risas—. Podría publicar algo dedicado a ello y llamarlo *Crímenes del pasado*.

—Y sería de lo más interesante —comentó Sherlock Holmes mientras se ponía un emplasto sobre la punción del dedo—. Debo tener cuidado —me dijo sonriendo—, pues trabajo mucho con venenos —me enseñó su mano y la tenía cubierta por emplastos similares y descolorida por potentes ácidos.

—Hemos venido para hablar de negocios —dijo Stamford sentándose en un alto taburete de tres patas; empujó uno hacia mí con un pie—. Este amigo mío busca alojamiento y como le oí quejarse porque no tenía a nadie con quien compartir el que usted encontró, he pensado que lo mejor sería presentarles.

Sherlock Holmes pareció encantado ante la perspectiva de compartir alojamiento conmigo.

—He puesto mis ojos en un apartamento de Baker Street —dijo— que nos iría estupendamente. Espero que no le moleste el aroma de tabaco fuerte.

—Yo mismo fumo *ship's*[4] —respondí.

—Eso está bien. Normalmente llevo productos químicos a casa y de cuando en cuando realizo algún experimento, ¿le molestaría eso?

—En absoluto.

—Déjeme pensar qué otros defectos tengo. En ocasiones me vengo abajo y me paso días sin abrir la boca. No crea que estoy molesto con usted si me sucede tal cosa. No me haga ni caso y se me pasará rápidamente. ¿Qué tiene usted que confesar? Lo mejor es que dos tipos que pretenden vivir juntos sepan cuanto antes lo peor del otro.

Este interrogatorio me hizo reír.

—Tengo un cachorro —dije— y me molesta el jaleo porque tengo los nervios destrozados. Me levanto a cualquier hora y soy extremadamente perezoso. Tengo muchos otros vicios, pero creo que por el momento estos son los más importantes.

—¿Clasifica el sonido del violín dentro del apartado «jaleo»? —preguntó preocupado.

—Depende del músico —respondí—. La música de un violín bien tocado es un placer de dioses, pero en caso contrario...

4. Puritos finos, baratos, elaborados con tabaco de baja calidad y muy fuertes. (*N. de la T.*)

—Oh, eso no es problema —exclamó con alegres risas—. Me parece que está todo resuelto. Si le gustan las habitaciones, claro.

—¿Cuándo podemos verlas?

—Pase a recogerme aquí mismo mañana a las doce del mediodía e iremos juntos a dejarlo todo atado —respondió.

—De acuerdo, a las doce del mediodía en punto —le dije estrechando su mano.

Le dejamos allí, trabajando rodeado de sus productos químicos y caminamos juntos hacia mi hotel.

—Por cierto —pregunté de repente girándome hacia Stamford—, ¿cómo diablos supo que yo había estado en Afganistán?

Mi compañero me dirigió una sonrisa enigmática.

—Esa es su gran habilidad —dijo—. A mucha gente le gustaría saber cómo consigue averiguar las cosas.

—¿Se trata de un misterio? —dije frotándome las manos—. Es de lo más estimulante. Te estoy muy agradecido por habernos presentado. Ya sabes: «El objeto de estudio de la humanidad debería ser el propio ser humano».

—Ese es el caso que debes estudiar —me dijo Stamford al despedirse de mí—. Aunque creo que será un problema peliagudo de resolver. Apuesto a que él consigue saber más cosas de ti que tú de él. Adiós.

—Adiós —respondí. Y caminé hasta mi hotel considerablemente interesado en mi recién conocido.

2

La deducción como ciencia

Al día siguiente nos encontramos tal como habíamos acordado y vimos juntos el apartamento del número 221B de Baker Street del que Holmes había hablado cuando nos conocimos. Consistía este en un par de dormitorios agradables y un único y espacioso salón con muebles alegres e iluminado por dos grandes ventanales. Se trataba de un alojamiento tan bueno y por un precio tan razonable al dividir los gastos entre dos que allí mismo cerramos el trato e inmediatamente tomamos posesión de él. Esa misma tarde abandoné el hotel y me trasladé al apartamento y Holmes me siguió a la mañana siguiente, trayendo varias cajas y baúles de viaje. Durante un día o dos estuvimos ocupados desembalando nuestras cosas e instalándolas lo mejor posible. Una vez terminamos con eso, nos dispusimos a aclimatarnos a nuestro nuevo entorno.

No era nada difícil vivir con Holmes. Era de costumbres tranquilas y hábitos regulares. Muy rara vez estaba despierto pasadas las diez de la noche y todos los días desayunaba y se marchaba de allí antes de que yo me hubiera levantado. En ocasiones pasaba el día en el laboratorio de química, otras veces en las salas de disección, y de cuando en cuando, dando largos paseos que, aparentemente, le llevaban hasta los barrios más marginales de la ciudad. Era imposible desplegar más energía que Holmes cuando la furia de la acción se apoderaba de él; pero una y otra vez caía en una reacción apática y yacía durante días, de la mañana a la noche, tirado en el sofá del salón sin casi decir ni una palabra ni mover un músculo. En esas ocasiones, me parecía que había en sus ojos una expresión soñadora y ausente que me habría hecho sospechar que consumía algún tipo de estupefaciente de no ser por la pulcritud y templanza con la que vivía y que hacía inconcebible algo así.

A medida que transcurrían las semanas, aumentaba mi interés por él y mi curiosidad por saber a qué dedicaba su vida. Su propia persona y aspecto bastaban para llamar la atención de cualquier observador. Su estatura superaba los seis pies y era tan delgado que parecía aún más alto. Sus ojos eran penetrantes y duros, excepto durante esos intervalos de ensimismamiento a los que ya he aludido. Su nariz delgada de halcón contribuía a darle a su expresión ese aire de alerta y decisión. Su barbilla era cuadrada y prominente, como corresponde también a un hombre decidido. Tenía las manos permanentemente salpicadas de tinta y llenas de manchas ocasionadas por productos químicos, y aun así eran extremadamente precisas y delicadas a la hora de manipular cualquier objeto, como había tenido ocasión de comprobar al verle manejar sus delicados instrumentos filosóficos.

El lector pensará que yo era un cotilla incorregible, ya que confieso lo mucho que este hombre estimulaba mi curiosidad y lo frecuente de las ocasiones en que me proponía romper el secretismo que mostraba en cualquier cosa relacionada con él mismo. Pero antes de juzgarme, debe recordarse lo carente de propósito que era mi vida y las pocas cosas que se ofrecían a mi interés. Mi salud me impedía salir a no ser que el tiempo fuera excepcionalmente bueno, y tampoco tenía amigos que pudiesen visitarme y poner fin a lo monótono de mi existencia diaria. Así que, dadas las circunstancias, recibí con entusiasmo el misterio que rodeaba a mi compañero y dediqué gran parte de mi tiempo a intentar resolverlo.

No era estudiante de Medicina. Él mismo había confirmado la opinión de Stamford al respecto al responder a una pregunta directa. Tampoco parecía que hubiese seguido ningún tipo de curso o estudios oficiales en alguna disciplina científica o en ninguna otra que le hubiese permitido el acceso al mundo culto. A pesar de lo cual, su interés por algunas ramas del saber era impresionante y su nivel de conocimientos, dentro de sus excéntricos límites, era tan apabullante que sus comentarios solían dejarme anonadado. Estaba seguro de que ningún hombre trabajaría tan duramente ni haría el esfuerzo de conseguir recopilar tal cantidad de información sin un objetivo definido. Quienes leen de manera poco metódica no suelen destacar por la precisión de sus conocimientos. Ningún hombre sobrecarga su mente con pequeños detalles si no tiene un buen motivo para hacerlo.

Su ignorancia era tan impresionante como sus conocimientos. Aparentemente, no tenía ni idea de literatura contemporánea, filosofía o política. Después de que yo citase a Thomas Carlyle, me preguntó de la manera más inocente quién era este hombre y qué había hecho. Y, sin embargo, mi sorpresa llegó a su clímax el día que descubrí por casualidad que no conocía la teoría copernicana y que ignoraba por completo la composición del sistema solar. Que en pleno siglo xix hubiese un ser civilizado que no supiera que la Tierra giraba alrededor del Sol me pareció algo tan extraordinario que apenas podía creerlo.

—Parece realmente sorprendido —me dijo sonriente al ver mi cara de sorpresa—. Y ahora que lo sé, haré lo posible por olvidarlo cuanto antes.

—¡Olvidarlo!

—Mire —explicó—, tengo la teoría de que el cerebro de cada hombre es como un piso vacío que hay que amueblar. Un idiota coge todo lo que encuentra y lo coloca de cualquier manera. Y así los conocimientos que podrían resultarle de utilidad se apiñan de mala manera o se enredan con otra gran cantidad de cosas, de manera que cuando los necesita no sabe dónde están. Pero el hombre que utiliza con habilidad su cerebro es muy cuidadoso con las cosas que introduce en él. Solo elige aquellas herramientas que le son útiles en su trabajo, pero de estas tiene un amplio surtido y están perfectamente ordenadas. Es un error pensar que nuestro pequeño piso tiene las paredes elásticas y que podemos dilatarlas a voluntad. Llega un momento en que cada nuevo conocimiento supone el olvido de algo que se sabía y por tanto es de gran importancia no llegar al extremo de que conocimientos inútiles expulsen a los que son importantes.

—¡Pero se trata del sistema solar! —protesté.

—¿Y a mí qué rayos me importa? —me interrumpió impaciente—. Dice usted que giramos alrededor del Sol. Si girásemos alrededor de la Luna ni yo ni mi trabajo percibiríamos la diferencia.

Estuve a punto de preguntarle en qué consistía ese trabajo suyo, pero algo en su actitud me dio a entender que la pregunta no sería bien recibida. Reflexioné sobre esta conversación nuestra y me propuse extraer conclusiones de ella. Él dijo que no adquiriría ningún conocimiento que no fuese a serle de utilidad en su trabajo. Por tanto, los conocimientos que poseía sí le resultaban útiles. Hice una lista mental de las materias en las que me había demostrado estar excepcionalmente bien informado. Incluso cogí un lápiz y las anoté. No pude evitar sonreír al ver el escrito que acababa de completar. Decía así:

Sherlock Holmes: sus limitaciones

1. Conocimientos sobre literatura: ninguno.
2. Conocimientos sobre filosofía: ninguno.
3. Conocimientos sobre astronomía: ninguno.
4. Conocimientos sobre política: escasos.
5. Conocimientos sobre botánica: depende. Muy bueno en belladona, opio y venenos en general. No tiene ni idea de jardinería.
6. Conocimientos sobre geología: de índole práctica, pero limitados. Es capaz de distinguir a simple vista un tipo de suelo de otro. Tras algún paseo me ha mostrado las salpicaduras de las perneras de sus pantalones y me ha dicho en qué parte de Londres las recibió atendiendo a su color y consistencia.
7. Conocimientos sobre química: profundos.

8. Conocimientos sobre anatomía: profundos, pero nada sistemáticos.

9. Conocimientos sobre literatura sensacionalista: inmensos. Aparentemente, lo sabe todo acerca de cualquier horror perpetrado este siglo.

10. Toca bien el violín.

11. Es un jugador experto de *singlestick*,[1] buen boxeador y buen espadachín.

12. Conoce muy bien las leyes inglesas.

Una vez hube completado mi lista, la arrojé desesperado al fuego. «Si pretendo averiguar a qué se dedica mi compañero a base de elaborar una lista con sus habilidades —pensé— e intentar dar con un oficio en el que estas sean necesarias, más me vale darme ya por vencido.»

Veo que he mencionado su habilidad con el violín. Era esta muy grande, pero tan excéntrica como cualquier otra habilidad suya. Sabía perfectamente que podía interpretar obras, algunas muy difíciles, porque a petición mía me había interpretado algunos de los *lieder* de Mendelssohn y alguna otra de mis piezas favoritas. Pero si tocaba a su aire, rara vez componía algo o intentaba tocar alguna melodía conocida. Se recostaba en su sillón por la tarde, cerraba los ojos y, con el violín cruzado sobre sus rodillas, arrancaba sonidos de sus cuerdas despreocupadamente. En ocasiones sonaba soñador y alegre; en otras, sonoro y melancólico. Era evidente que los sonidos eran un reflejo de sus propios pensamientos, pero yo era incapaz de averiguar si los

1. Era un deporte popular en el siglo XIX, parecido a la esgrima, pero que se practicaba con un arma de madera. *(N. de la T.)*

sonidos le ayudaban a alcanzar ese estado de ánimo o si, por el contrario, su forma de tocar se debía a un capricho. Podría haber protestado a causa de estos desesperantes solos, pero normalmente los concluía con una rápida sucesión de piezas favoritas mías como si se disculpase por poner a prueba mi paciencia.

Durante la primera semana, más o menos, no tuvimos visitas y había empezado a pensar que mi compañero era tan poco sociable como yo mismo, pero descubrí al poco tiempo que tenía un gran número de conocidos, y de todas las clases sociales. Apareció un tipo pequeño y cetrino, con cara de rata y ojillos pequeños que me presentaron como Lestrade, el cual nos visitó tres o cuatro veces en la misma semana. Una mañana pasó por casa una chica joven, vestida a la moda, que se quedó durante una media hora o algo más. Esa misma tarde vino un visitante de cabellera gris, algo sórdido, con aspecto de prestamista judío y que parecía estar muy alterado, a quien siguió una señora anciana de aspecto descuidado. En otra ocasión fue un anciano de blanca cabellera quien tuvo una entrevista con mi compañero; y en otra un mozo de cuerda con su uniforme de terciopelo y todo. En estas ocasiones en las que algún individuo de aspecto indescriptible venía a verle, Holmes me rogaba que le permitiera utilizar el salón y yo me retiraba a mi dormitorio. Se disculpaba constantemente por ocasionarme estas molestias. «Tengo que utilizar este cuarto como oficina —decía—, estas personas son mis clientes.» Una vez más tuve en bandeja la oportunidad de hacerle la ansiada pregunta a bocajarro, y sin embargo mi prudencia me impedía forzar la confianza en mí de otro. Imaginé que él tendría algún motivo para no querer aludir a ello, pero él mismo se encargó de disipar esta idea de mi mente hablando del asunto por propia voluntad.

Sucedió el 4 de marzo, tengo buenas razones para recordar la fecha. Me levanté algo antes de lo habitual y me encontré con que Holmes todavía no había terminado su desayuno. La casera se había habituado ya a mis costumbres y mi lado de la mesa no estaba puesto ni tampoco tenía el café preparado. Con esa irracional petulancia del ser humano, toqué la campanilla y comuniqué que ya estaba en pie. En ese momento cogí una revista de la mesa y me dispuse a hacer tiempo mientras mi compañero mascaba en silencio su tostada. Uno de los artículos tenía una señal a lápiz en el título y, naturalmente, empecé a leerlo.

Su título, algo ambicioso, era «El libro de la vida» y pretendía demostrar todo lo que un hombre observador podía extraer del mero examen cuidadoso y sistemático de todo lo que le rodea. Me llamó la atención por ser una sorprendente mezcla de tonterías y sagacidad. Los razonamientos que explicaba eran familiares y detallados, pero las conclusiones me parecieron descabelladas y exageradas. El autor pretendía ser capaz de deducir los pensamientos más ocultos de un hombre por uno de sus gestos: el movimiento de un músculo o una mirada. Según él, era imposible engañar a alguien entrenado en la observación y el análisis. Sus conclusiones eran infalibles como los postulados de Euclides. Sus resultados parecerían nigromancia a los no iniciados hasta que no aprendiesen el proceso deductivo.

«De una gota de agua —decía el autor—, un lógico inferiría la posible existencia de un océano Atlántico o unas cataratas del Niágara sin ni siquiera haber visto ninguna de estas dos cosas. Pues la vida es una gran cadena cuya naturaleza llegamos a conocer con solo ver una parte de ella. Como cualquier otro arte, solo se llega a dominar el arte de la deducción y el análisis a través de un largo y paciente estudio, sin que la vida de ningún mortal dure lo suficiente para llegar a hacerlo. Pero antes de pasar a aspectos morales o mentales de la cuestión, que son los que mayores dificultades presentan, el curioso debe empezar por resolver problemas más elementales. Por ejemplo, que al conocer a otro mortal, sea capaz de saber a qué gremio pertenece y algo de la historia de ese hombre. Aunque parezca un ejercicio pueril, agudiza la capacidad de observación y enseña a saber qué buscar y dónde hacerlo. Las uñas de un hombre, las mangas de su abrigo, su calzado, sus rodilleras, la callosidad de su índice y pulgar, su expresión o los puños de su camisa, cada una de estas cosas revela el oficio de un hombre. Es prácticamente inconcebible que todos estos datos no ayuden a un investigador competente a arrojar algo de luz sobre un caso.»

—¡Menuda sarta de estupideces! —exclamé dejando caer la revista sobre la mesa—. No había leído una tontería tan grande en mi vida.

—¿De qué se trata? —preguntó Holmes.

—Este artículo —dije señalándolo con mi cucharilla mientras me sentaba a desayunar—. Veo que lo ha leído, pues lo ha marcado con el lápiz. No niego que está bien escrito, pero me irrita. Es evidente que lo ha escrito un teórico de salón que desarrolla todas estas bellas paradojas recluido en su despacho. No es real. Me gustaría verle hacinado en un vagón de tercera del metro diciéndome las profesiones de todos los que le rodean. Apostaría mil a uno a que no es capaz.

—Perdería —dijo Holmes tranquilamente—. Y por lo que respecta al artículo, lo he escrito yo.

—¡Usted!

—Sí. Tengo pasión por la deducción y la observación. Esas teorías que a usted le parecen meras quimeras son muy reales. Tan reales como que de ellas depende mi sustento.

—¿Cómo? —pregunté sin querer.

—Bueno, tengo mi propio oficio. Creo que soy su único representante en el mundo. Soy un detective consultor, si puede hacerse una idea de lo que eso significa. En Londres tenemos montones de detectives del Gobierno y muchísimos privados. Pero cuando estos están perdidos, acuden a mí y yo me las ingenio para ponerlos de nuevo sobre la buena pista. A mí me presentan todas las pruebas que tienen, y generalmente, con la ayuda de mis conocimientos sobre historia del crimen, puedo echarles un cable. Los crímenes se repiten bastante y si uno conoce los primeros mil al dedillo, será difícil que no consiga resolver el mil uno. Lestrade es un detective muy popular. No era capaz de resolver un caso de falsificación en el que andaba metido y por eso vino a verme.

—¿Y todos los demás?

—A la mayoría los envían agencias de investigación. Es gente que tiene algún tipo de problema y necesitan a alguien que los ilumine. Los escucho, ellos escuchan mi opinión y cobro mi tarifa.

—¿Me está diciendo que sin salir de esta habitación es capaz de aclarar un misterio que otros hombres que han visto todos los detalles por sí mismos no son capaces de resolver?

—Exacto. Tengo una intuición muy buena para esas

cosas. De vez en cuando un caso se complica y tengo que ir hasta allí y ver las cosas con mis propios ojos. Poseo conocimientos muy específicos que puedo aplicar a estos problemas y que simplifican enormemente las cosas. Esas reglas respecto a la deducción que incluí en ese artículo que tanto ha provocado su burla no tienen precio en mi trabajo. La observación es un don natural en mí. Usted mismo se sorprendió cuando le dije que usted había estado en Afganistán.

—Se lo dijeron, sin duda.

—En absoluto. *Sabía* que había estado usted en Afganistán. Tras mi larga práctica, no siempre soy consciente de la cadena deductiva que siguen mis pensamientos y llego a la conclusión sin pensar en los pasos intermedios, aunque existen, claro está. En aquel caso fueron: «Aquí tenemos un caballero con aspecto de médico y porte militar. Claramente, se trata de un médico militar. Tiene la piel del rostro oscura y no es su color natural de piel, pues sus muñecas son claras, así que acaba de llegar del trópico. Las ha pasado canutas y está enfermo, como indica claramente su rostro ojeroso. Le han herido en el brazo izquierdo, pues lo mantiene en una postura rígida y poco natural. ¿En qué lugar del trópico pueden haber herido a un médico militar británico? Obviamente, en Afganistán». En recorrer toda esta cadena de pensamientos lógicos no invertí ni un segundo. Comenté que había usted estado en Afganistán y usted se sorprendió.

—Una vez lo explica parece sencillo —dije sonriendo—. Me recuerda al personaje que Poe creó, Dupin. No tenía ni idea de que existiesen personas así fuera de las novelas.

Sherlock Holmes se puso en pie y encendió su pipa.

—Es evidente que cree halagarme al compararme con Dupin —observó—. Pero en mi opinión él es inferior a mí. Ese truco suyo de interrumpir los pensamientos de sus amigos con un comentario apropiado después de un cuarto de hora de silencio es realmente algo muy superficial y fanfarrón. Tiene algo de genialidad analítica, sin duda, pero no es el genio que sin duda Poe pensó que había creado.

—¿Ha leído a Gaboriau? —pregunté—. ¿Se parece más Lecoq a la idea que tiene usted de un detective?

Sherlock Holmes bufó sardónicamente.

—Lecoq es un inútil —dijo enfadado—, lo único bueno que tiene es su energía. Ese libro me puso enfermo. Se trata de identificar a un prisionero desconocido; yo podría haberlo hecho en veinticuatro horas. A Lecoq le cuesta unos seis meses. Ese libro es el manual de lo que todo detective no debe hacer.

Me indigné al ver la displicencia con la que trataba a dos personajes a los que yo admiraba. Caminé por la habitación hacia la ventana y permanecí allí mirando la calle atestada de gente. «Este tipo debe de ser muy inteligente —pensé—, pero desde luego es un engreído de cuidado.»

—Ya no hay crímenes ni criminales hoy en día —dijo en tono quejumbroso—. ¿De qué sirve ser inteligente en esta profesión? Sé bien que tengo cualidades para hacerme famoso. No existe ni ha existido nunca un hombre que haya dedicado tanto estudio ni tantas cualidades naturales al esclarecimiento del crimen como yo. ¿Y para qué? No hay crímenes que esclarecer. Como mucho, alguna torpe villanía tan evidente que hasta incluso cualquier policía de Scotland Yard puede resolverla.

Yo estaba todavía molesto por lo prepotente que se mostraba Holmes en la conversación, y creí conveniente cambiar el tema.

—Me gustaría saber qué es lo que está buscando ese tipo —pregunté señalando a un individuo vestido de paisano y de aspecto fornido que caminaba lentamente por la acera de enfrente mirando atentamente los números de las puertas. Llevaba un gran sobre azul en la mano y era, evidentemente, el portador de un mensaje.

—¿Se refiere al sargento de la Marina retirado? —preguntó Sherlock Holmes.

«¡Rayos y truenos! —me dije—. Sabe que no puedo comprobar su afirmación.»

Y justo cuando esa idea acababa de pasar por mi mente, el hombre que observábamos vio el número escrito sobre nuestra puerta y cruzó rápidamente la calzada. Oímos una potente llamada, una voz grave en la puerta y, a continuación, unos pasos pesados ascendiendo por la escalera.

—Para el señor Sherlock Holmes —dijo entrando en la habitación y poniendo la carta en manos de mi amigo.

Tenía la oportunidad de darle una lección. No se lo imaginaba cuando lanzó aquel tiro a ciegas.

—¿Puedo preguntarle, amigo mío —dije al mensajero con mi voz más dulce—, cuál es su profesión?

—Conserje, señor —dijo en tono brusco—. Me están arreglando el uniforme.

—¿Y antes fue...? —pregunté echándole una maliciosa mirada a mi compañero.

—Sargento, señor. Infantería Ligera de la Marina Real, señor. ¿No envía respuesta? Muy bien, señor.

Hizo sonar los talones, levantó la mano en señal de saludo y se marchó.

3

El misterio de Lauriston Gardens

Confieso que esta demostración práctica de la exactitud de las teorías de mi compañero me dejó francamente sorprendido. Y mi respeto por su capacidad de análisis creció como la espuma. Y sin embargo, seguía sospechando que toda aquella escena había estado organizada de antemano, aunque no era capaz de imaginar qué objetivo perseguía engañándome de esa manera. Cuando le miré, ya había terminado de leer la nota y sus ojos tenían el aspecto ausente y carente de brillo que indicaba que estaba profundamente concentrado.

—¿Cómo demonios ha sido capaz de deducirlo? —pregunté.

—¿Deducir qué? —preguntó con petulancia.

—Caramba, que se trataba de un sargento de Marina retirado.

—No tengo tiempo para tonterías —dijo con brusquedad. Y añadió con una sonrisa—: disculpe mi mala educación. Interrumpió usted la cadena de mis pensamientos; pero quizá haya sido lo mejor. ¿Así que no se dio cuenta de que se trataba de un sargento de Marina?

—En absoluto.

—Me resultó más sencillo darme cuenta de que lo era que explicar ahora cómo lo he sabido. Si a usted le pidiesen que demostrase que dos y dos son cuatro, por mucho que esté seguro de que así es, es posible que le resultase algo complicado hacerlo. Incluso desde el otro lado de la calle pude ver el ancla que lleva tatuada en el dorso de la mano. Eso sugiere inmediatamente el mar. Tiene porte militar y patillas reglamentarias. Ahí aparece la Marina. Se trata de un hombre con aspecto autoritario y algo engreído. Es posible que se haya dado cuenta en su forma de mover la cabeza y en cómo sujeta el bastón. Un hombre de mediana edad, respetable y firme. Todo esto me indujo a pensar que se trataba de un antiguo sargento.

—¡Maravilloso! —exclamé.

—Elemental —dijo Holmes, aunque me pareció ver en su expresión que le encantaba ver mi sorpresa y admiración—. Acabo de decir que ya no existen criminales y parece ser que me equivoco... Lea esto —me acercó la nota que acababa de traer el conserje.

—¡Esto es terrible! —exclamé al leerlo.

—Parece ser algo distinto a lo habitual —comentó tranquilamente—. ¿Le importaría leerlo en voz alta?

Esta es la carta que le leí:

Mi querido señor Sherlock Holmes: Esta noche ha sucedido algo terrible en el número 3 de Lauriston Gardens, pasada Brixton Road. El hombre que hace la ronda vio una luz en ese lugar aproximadamente a las dos de la madrugada, y como se trata de una casa deshabitada, sospechó que algo no iba bien. Vio que la puerta estaba abierta y una vez en la habitación principal, que está desamueblada, descubrió el cadáver de un caballero bien vestido y en cuyo bolsillo se encontraron tarjetas en las que se lee «Enoch J. Drebber, Cleveland, Ohio, *EE. UU.*». No se ha cometido ningún robo y no hay nada que haga sospechar cómo murió este hombre. Hay manchas de sangre en la habitación, pero el cadáver no presenta ninguna herida. No tenemos ni idea de cómo acabó en esta casa vacía. De hecho, todo el asunto es un misterio. Si llega a la casa antes de las doce me encontrará allí. Lo he dejado todo *in statu quo* hasta que reciba noticias suyas. Si no puede venir, le daré más detalles, y le estaría inmensamente agradecido si accediese a darme su opinión sobre esto. Atentamente,

TOBIAS GREGSON

—Gregson es el más listo de todos los detectives de Scotland Yard —comentó mi amigo—; él y Lestrade son los únicos que se salvan de todo el lote. Ambos son enérgicos y decididos, pero muy convencionales, demasiado. Y además se llevan a matar. Tienen tantos celos el uno del otro que parecen dos primeras actrices. Será divertido verlos trabajar juntos.

Me maravillaba la tranquilidad que Holmes demostraba.

—Seguro que no hay ni un minuto que perder —advertí—. ¿Quiere que baje y le busque un coche?

—No tengo claro si debo ir o no. Soy el hombre más perezoso de todo el planeta... mientras me dura la apatía. Pues puedo ser también muy dinámico.

—Bueno, pero se trata de la oportunidad que buscaba.

—Mi querido amigo, ¿qué tiene esto que ver conmigo? Supongamos que resuelvo el caso. Serán Lestrade, Gregson y compañía los que se colgarán las medallas, no le quepa duda. Eso es lo que pasa cuando no se trabaja de manera oficial.

—Le está suplicando que le ayude.

—Sabe que soy mejor que él y a mí me lo reconoce, pero se arrancaría la lengua antes de decírselo a otra persona. Aun así podríamos echar un vistazo. Lo resolveré por mi cuenta. Y a falta de algo mejor, me lo pasaré bien a su costa. ¡Vamos!

Se embutió a toda velocidad en su abrigo y empezó a correr por allí dando muestras de que el arrebato de actividad se había apoderado de él desplazando a su apatía.

—Coja su sombrero —dijo.

—¿Quiere que le acompañe?

—Sí. A no ser que tenga algo mejor que hacer.

Minutos más tarde estábamos los dos en un carruaje que avanzaba a toda velocidad a lo largo de Brixton Road.

La mañana era neblinosa y el cielo estaba encapotado. Sobre los tejados de las casas se cernía un velo de color ocre que parecía el reflejo del barro que cubría las calles. Mi compañero estaba de un humor excelente y no dejó de disertar sobre los violines de Cremona y sobre las diferencias entre los Stradivarius y los Amati. Yo permanecía en silencio. El día gris y lo melancólico del asunto que nos ocupaba me hacían sentir bastante abatido.

—No parece preocuparle mucho el asunto que nos ocupa —dije finalmente, interrumpiendo la disquisición musical de Holmes.

—No dispongo de ningún dato todavía —respondió—. Es un completo error ponerse a teorizar sin disponer de toda la información, pues predispone el juicio.

—Pronto tendrá todos los datos que desea —comenté señalando con el dedo—. Esta es Brixton Road y, o mucho me equivoco, o esa es la casa en cuestión.

—Exacto. ¡Pare, cochero, pare!

Estábamos todavía a cien yardas de la casa, pero Holmes insistió en que bajásemos del coche allí mismo y finalizásemos el camino a pie.

El número 3 de Lauriston Gardens tenía aspecto siniestro, de casa maldita. Era una más de cuatro casas que estaban algo apartadas de lo que era la calle en sí, dos habitadas y las otras dos vacías. Estas últimas ofrecían al exterior tres hileras de melancólicas ventanas vacías, huecos de aspecto deprimente en los que no había nada salvo, en algunos de los lastimosos cristales, una catarata de carteles de «Se alquila». Un pequeño jardín salpicado de pequeñas erupciones de plantas raquíticas separaba cada casa de la calle. Atravesaba el jardín un camino amarillento y estrecho formado aparentemente por una mezcla de arcilla y gravilla. La lluvia caída a lo largo de toda la noche había convertido aquel sitio en un lugar muy resbaladizo. Un pequeño muro de ladrillo de tres pies de altura cercaba cada jardín y estaba rematado por una barandilla de madera sobre la que estaba apoyado un fornido oficial de policía, rodeado por un pequeño grupo de curiosos que estiraban el cuello y forzaban la vista intentando vislumbrar lo que sucedía dentro de la casa.

Había imaginado que Sherlock Holmes correría al interior de la casa y se abalanzaría de lleno a estudiar el misterio. Nada parecía más lejos de sus intenciones. Con un aire de despreocupación que, dadas las circunstancias, a mí me parecía próximo a la afectación, se paseó por la calzada con la mirada perdida en el suelo, oteando el cielo, las casas de enfrente y los cercados. Una vez finalizó su escrutinio, continuó caminando despacio por el camino, o más bien por la hilera de césped que flanqueaba el camino, con los ojos pegados al suelo. Se detuvo en dos ocasiones y en una de ellas le vi sonreír y le oí soltar una exclamación de satisfacción. Sobre el embarrado suelo había una gran cantidad de huellas, pero como la policía había estado caminando sobre ellas, no podía imaginar qué información pretendía extraer mi compañero. A pesar de eso, ya había tenido suficientes muestras de sus sorprendentes facultades perceptivas como para no tener ninguna duda de que era capaz de ver cosas que a mí se me escapaban.

En la puerta de la casa nos recibió un hombre alto, de pelo muy rubio, casi blanco, que llevaba un cuaderno de notas en la mano y que se adelantó rápidamente a estrechar con efusividad la mano de mi compañero.

—Ha sido muy amable por su parte venir —dijo—, no he tocado nada.

—Excepto eso —dijo mi amigo señalando el sendero—. Ni una manada de búfalos salvajes habría causado mayor destrozo. Pero estoy completamente seguro, Gregson, de que usted extrajo sus propias conclusiones antes de permitir esto.

—Tenía mucho trabajo dentro de la casa —contestó evasivamente el detective—. Mi colega, el señor Lestrade, también está aquí. Confié en que él se ocuparía de ello.

Holmes me miró y arqueó las cejas, sardónico.

—Con dos hombres como usted y Lestrade en el asunto, no creo que un tercero tenga mucho que hacer aquí —dijo Holmes.

Gregson se frotó las manos con satisfacción.

—Creo que hemos hecho todo lo que podía hacerse —respondió—, pero es un caso extraño y sé que le gustan estas cosas.

—¿Vino usted en coche? —preguntó Holmes.

—No, señor.

—¿Tampoco Lestrade?

—No, señor.

—En ese caso vayamos dentro y echemos un vistazo a la habitación —y tras un comentario tan poco coherente entró en la casa seguido por un atónito Gregson.

Un pasillo de poca longitud, lleno de polvo y sin ningún tipo de alfombra daba paso a la cocina y demás habitaciones. En él, a izquierda y derecha, se abrían dos puertas. Una de ellas llevaba cerrada muchas semanas. La otra daba al comedor de la casa, donde había tenido lugar el misterioso suceso. Holmes entró y yo le seguí, sobrecogido ante la presencia de la muerte en aquella habitación.

Era una estancia cuadrada, amplia, y con aspecto de ser todavía mayor debido a la ausencia de muebles. Un papel pintado vulgar y chillón cubría las paredes y en algunas partes podían verse manchas de moho. En otras, grandes jirones de papel medio caído dejaban al descubierto el amarillento revoque de la pared original. Justo enfrente de la puerta había una ostentosa chimenea sobre la que había una repisa de falso mármol de color blanco. En un rincón quedaban los restos de una vela de color rojo. El cristal de la única ventana de la estancia estaba tan sucio que la luz que entraba era débil e incierta, y le otorgaba a todo una tonalidad grisácea intensificada por la gran cantidad de polvo que había por todas partes.

Pero de los detalles fui consciente más tarde. En aquel momento mi atención se centraba sobre la solitaria e inmóvil figura, lúgubre, que estaba tumbada sobre las planchas de tarima del suelo y tenía los ojos fijos en el descolorido techo. Era un varón de unos cuarenta y tres o cuarenta y cuatro años, de mediana estatura, anchos hombros, áspero pelo rizado de color negro y barba de unos días. Vestía una amplia y pesada levita, chaleco, pantalones de color claro e inmaculados puños y cuello. A su lado, en el suelo, había una chistera cepillada y en perfecto estado. Tenía los puños apretados y los brazos separados del cuerpo, mientras que las piernas estaban entrelazadas como si su muerte hubiese sido muy dolorosa. En su petrificado rostro vi una expresión de horror y me pareció que de odio, como jamás vi antes a ningún otro ser humano. La mueca en la que estaban contraídos sus rasgos, junto con la frente baja, la nariz aplastada y la prominente mandíbula, le daban el aspecto de un simio, idea que se veía reforzada por la forzada y poco natural postura de su cuerpo. He visto tomar a la muerte muchos aspectos, pero ninguno tan sobrecogedor como en aquella deprimente y oscura habitación que se asomaba a una de las principales arterias de los suburbios londinenses.

Lestrade, delgado y con más aspecto de hurón que nunca, permanecía junto al umbral y nos saludó a mi compañero y a mí.

—Este caso causará sensación, caballeros —comentó—. Supera con creces cualquier cosa que haya visto antes, y no soy un jovenzuelo.

—¿No hay ninguna pista? —preguntó Gregson.

—Ninguna en absoluto —dijo Lestrade.

Sherlock Holmes se aproximó al cuerpo y, arrodillándose, lo examinó profusamente.

—¿Están seguros de que no hay ninguna herida? —preguntó señalando la gran cantidad de gotas y pequeños charquitos de sangre que había por todas partes.

—Del todo —dijeron a la vez ambos detectives.

—En ese caso, obviamente, esta sangre pertenece a otro individuo. Presumiblemente al asesino, si es que se ha cometido un asesinato. Me recuerda las circunstancias que rodearon la muerte de Van Jansen en Utrecht en el año 34. ¿Recuerda usted el caso, Gregson?

—No, señor.

—Lea sobre él; sería muy conveniente que lo hiciera. No hay nada nuevo bajo el sol: todo se ha hecho ya antes.

Mientras hablaba, sus ágiles dedos volaban aquí y allí, por todas partes, palpando, presionando y examinándolo todo. Tenía en los ojos esa expresión ausente a la que ya he aludido. El examen que realizó fue tan veloz que era casi imposible creer la minuciosidad con la que había sido llevado a cabo. Para terminar, olisqueó los labios del cadáver y echó una mirada a las suelas de sus botas de charol.

—¿No lo han movido? —preguntó.

—Solo lo imprescindible para poder examinarlo.

—Pueden llevarlo al depósito —dijo—. Ya no hay nada más que podamos obtener de él.

Gregson tenía preparada una camilla y cuatro hombres. En cuanto los llamó entraron en la habitación, levantaron al desconocido y se lo llevaron. Al levantarlo cayó un anillo que rodó por el suelo. Lestrade se apoderó de él y se quedó mirándolo fijamente, totalmente desconcertado.

—¡Aquí ha estado una mujer! —exclamó—. Es una alianza de mujer.

Al hablar, mostró el anillo sobre la palma de su mano. Nos acercamos a donde él estaba para poder verlo. No existía ninguna duda de que aquel pequeño círculo liso de oro había adornado el dedo de una novia en alguna ocasión.

—Esto complica aún más las cosas —dijo Gregson—. Y Dios sabe que ya era todo bastante complicado.

—¿Está usted seguro de que no las simplifica? —observó Holmes—. No vamos a sacar nada en claro del anillo por mucho que lo miremos. ¿Qué encontraron en sus bolsillos?

—Está todo ahí —dijo Gregson señalando un montón de objetos apilados en uno de los últimos escalones de las escaleras—: Un reloj de oro, número 97.163, fabricado por Barraud, de Londres. Cadena de oro tipo Albert, maciza y muy pesada. Anillo de oro con un detalle masónico. Alfiler de oro: la cabeza de un bulldog con ojos de rubíes. Tarjetero de piel rusa en el que hay tarjetas a nombre de Enoch J. Drebber, de Cleveland, nombre que se corresponde con las iniciales E. J. D. que aparecen bordadas en la ropa interior. No lleva monedero, pero sí dinero suelto: siete libras y trece chelines. Una edición de bolsillo del *Decamerón* en cuya guarda se lee el nombre de Joseph Stangerson. Dos cartas: una dirigida a E. J. Drebber y la otra a Joseph Stangerson.

—¿A qué dirección?

—La oficina de American Exchange en el Strand. Debían permanecer allí hasta que las recogieran. El remitente de ambas es la Guion Steamship Company y el contenido hace referencia a la partida de los barcos de dicha empresa desde Liverpool. Es evidente que este desdichado se disponía a regresar a Nueva York.

—¿Ha hecho alguna indagación respecto a ese tal Stangerson?

—Lo hice de inmediato, caballero —dijo Gregson—. He enviado un anuncio a todos los periódicos y uno de mis hombres ha ido al American Exchange, pero no ha regresado todavía.

—¿Ha enviado algo a Cleveland?

—Telegrafiamos esta misma mañana.

—¿Y qué es lo que les ha dicho exactamente?

—Me limité a describir las circunstancias y a decir que agradeceríamos cualquier tipo de información que pudieran proporcionarnos al respecto.

—¿No ha pedido información concreta sobre ningún aspecto en particular que le haya parecido crucial?

—Pedí información sobre Stangerson.

—¿Y nada más? ¿No hay nada más que influya en este caso? ¿No piensa telegrafiarles de nuevo?

—Les he dicho todo lo que tenía que decirles —dijo Gregson en tono ofendido.

Sherlock Holmes se rio para sí y parecía a punto de hacer algún comentario cuando Lestrade, que había permanecido en la habitación principal mientras nosotros manteníamos esta conversación en el recibidor, reapareció de nuevo en el escenario frotándose las manos pomposamente con aire de satisfacción.

—Señor Gregson —dijo—, acabo de hacer un descubrimiento de la mayor importancia y que habría pasado inadvertido de no ser porque he hecho una cuidadosa inspección de las paredes.

Los ojos del hombrecillo resplandecían mientras nos hablaba y era evidente que el hecho de anotarse un tanto frente a su colega le hacía sentir una exultación que se esforzaba en disimular.

—Vengan aquí —dijo entrando atropelladamente de nuevo en la habitación, habitación de atmósfera más agradable ahora que habían retirado la sobrecogedora presencia de su inquilino—. ¡Pónganse ahí!

Encendió una cerilla y la acercó a la pared.

—¡Miren eso! —exclamó triunfalmente.

Ya he dicho que el papel se había despegado en algunos puntos. En este punto de la habitación en concreto, el jirón caído era bastante grande y dejaba al descubierto un cuadrado de yeso amarillo. En ese espacio aparecía garabateada con sangre una única palabra:

RACHE

—¿Qué les parece? —dijo el detective con una actitud similar a la del jefe de pista de un circo al presentar su espectáculo—. Pasó inadvertido porque esta es la esquina más oscura de la habitación y a nadie se le ocurrió inspeccionar por aquí. El asesino o asesina lo escribió con su propia sangre. Fíjense en el goterón que ha resbalado pared abajo. Esto descarta el suicidio. ¿Por qué eligió esta pared para escribir el mensaje? Se lo diré. Miren dónde está la vela sobre la repisa de la chimenea. En aquel momento estaba encendida y este era el lugar más iluminado de la habitación en vez del más oscuro.

—Y ya que *usted* lo ha encontrado, ¿podría decirnos qué significa? —preguntó Gregson con algo de desprecio.

—¿Que qué significa? Hombre, significa que quien escribió el mensaje estaba a punto de escribir el nombre de mujer Rachel, y que algo le impidió terminar de hacerlo. Recuerden mis palabras: cuando este caso se aclare, se descubrirá que una tal Rachel estaba involucrada en él. Ríase señor Holmes, ríase todo lo que quiera. Es usted muy inteligente y muy astuto, pero quien ríe el último, ríe mejor. Ya lo verá.

—Le ruego que me disculpe —dijo mi compañero, quien había despertado las iras del hombrecillo al estallar en un ataque de risa—. El mérito de haber encontrado esto es todo suyo. Y tiene usted razón al afirmar que lo escribió el otro participante en los misteriosos sucesos de anoche. Todavía no he tenido oportunidad de examinar esta habitación, pero si me lo permiten lo haré ahora mismo.

Mientras decía esto, sacó de su bolsillo una cinta métrica y una enorme lupa redonda. Armado con ambos instrumentos comenzó a caminar sin levantar ruido por toda la habitación. En ocasiones se detenía, en ocasiones se arrodillaba y una vez se tiró boca abajo cuan largo era sobre el suelo. Estaba tan concentrado en lo que hacía que parecía haberse olvidado de que estábamos allí; no dejaba de hablar entre dientes consigo mismo, lanzando una retahíla constante de exclamaciones, gruñidos y lo que parecían esperanzadores grititos de ánimo. Al mirarle no podía evitar pensar en un buen perro de caza de pura sangre que se mueve arriba y abajo por la espesura y que en su entusiasmo no deja de gimotear hasta que encuentra el rastro perdido. Su investigación se prolongó durante unos veinte minutos en los que midió con exactitud la distancia entre marcas que eran del todo invisibles a mis ojos; en ocasiones, aplicó de la misma manera incomprensible la cinta métrica sobre las paredes. En un lugar en concreto tomó cuidadosamente una pequeña muestra de polvo gris del suelo y la introdujo en un sobre. Finalmente, examinó con su lupa la palabra escrita en la pared, desplazándose minuciosamente sobre cada una de las letras. Una vez terminó, parecía estar satisfecho, pues guardó la lupa y la cinta métrica en el bolsillo.

—Dicen que la genialidad consiste en una infinita capacidad para tomarse molestias —comentó sonriendo—. Es una mala definición, pero sí es válida aplicada al trabajo de un detective.

Gregson y Lestrade habían observado las andanzas de su compañero no profesional con bastante curiosidad y no poco desprecio. Evidentemente, todavía no se habían dado cuenta de algo de lo que yo ya empezaba a ser consciente: hasta la más ínfima de las acciones de Holmes tenía un objetivo de índole práctica y bien definido.

—¿Qué opina usted? —preguntaron los dos.

—Les robaría el mérito si creyera que voy a poder servirles de ayuda —respondió mi amigo—. Lo están haciendo ustedes tan bien que si alguien se entrometiera en su trabajo solo conseguiría hacer el ridículo. —Era imposible no percibir el sarcasmo de su voz—. Si son tan amables de mantenerme al tanto de sus investigaciones —continuó—, sería para mí un placer poder serles de ayuda. Mientras tanto, me gustaría poder hablar con el policía que descubrió el cuerpo. Podrían proporcionarme su nombre y dirección?

Lestrade consultó su cuaderno de notas.

—John Rance —dijo—. Ahora mismo está fuera de servicio. Le encontrará en Audley Court, número 46, Kennington Park Gate.

Holmes apuntó la dirección.

—Vamos, doctor —me dijo—, vayamos a conocerle. Les diré algo que puede que les resulte útil —dijo a los dos detectives—. Se ha cometido un asesinato y el asesino es un hombre de más de seis pies de estatura y en la flor de la vida, sus pies son algo pequeños para su altura, lleva botas bastas de puntera cuadrada y fuma puros de tabaco Trichinopoly. Llegó hasta aquí con su víctima en un carruaje de cuatro ruedas del que tiraba un caballo con tres herraduras viejas y una nueva en su pata delantera derecha. Probablemente el rostro del asesino es rojizo y lleva las uñas de la mano derecha bastante largas. Son solo unas pocas pistas, pero confío en que les serán de utilidad.

Lestrade y Gregson se miraron el uno al otro sonriendo incrédulamente.

—Si este hombre ha sido asesinado, ¿cómo lo hicieron? —preguntó el primero.

—Veneno —respondió brevemente Holmes. Y salió de allí—. Solo una cosa más, Lestrade —añadió girándose al llegar a la puerta—: «Rache» significa «venganza» en alemán; no pierda su tiempo buscando a una dama llamada Rachel.

Y con este último disparo salió de allí, dejando detrás de sí a los dos detectives rivales boquiabiertos.

4

Lo que sabía John Rance

Era la una en punto cuando nos marchamos del número 3 de Lauriston Gardens. Sherlock Holmes me llevó hasta la oficina de correos más cercana y allí puso un largo telegrama. Entonces buscó un coche y ordenó al cochero que nos llevara a la dirección que nos había proporcionado Lestrade.

—No hay nada como inspeccionar uno mismo las pruebas —dijo—; de hecho, he resuelto por completo lo sucedido, pero es posible que quede por ahí algún dato que desconozcamos.

—Me sorprende usted, Holmes —le dije—. Es imposible que esté usted seguro de los detalles que ha proporcionado.

—No hay lugar a dudas —respondió—. De lo primero que me di cuenta al llegar es de que por allí había pasado dos veces un carruaje que había mantenido las ruedas próximas a la curva. Hasta anoche, hacía una semana que no llovía, así que las ruedas que dejaron unas huellas tan profundas tuvieron que pasar por allí anoche. Se apreciaban también las herraduras del caballo, uno de cuyos perfiles se veía con más nitidez que los demás, cosa que indica que se trataba de una herradura nueva. Ya que el carruaje llegó allí al poco tiempo de haber comenzado a llover, y tenemos la palabra de Gregson de que por la mañana ya no estaba allí, concluí que fue en ese coche en el que llegaron ambos individuos a la casa.

—Eso parece sencillo de descubrir —dije—. Pero ¿cómo puede saber la estatura de ese tipo?

—Bueno, nueve de cada diez veces es posible estimar la estatura de un hombre a partir de la longitud de su zancada. Es un cálculo muy sencillo, pero no le voy a aburrir con números. He visto la zancada de este hombre en el barro que hay fuera de la casa y en el polvo del interior. Además tuve oportunidad de comprobar la veracidad de mi cálculo: cuando un hombre escribe en una pared, tiende a hacerlo instintivamente a la altura de sus propios ojos. Esa palabra estaba exactamente a seis pies del suelo. Ha sido un juego de niños.

—¿Y su edad? —pregunté.

—Un hombre que es capaz de salvar sin esfuerzo una longitud de cuatro pies y medio no puede ser muy anciano. Esa es la anchura de uno de los charcos del jardín por encima del cual, sin ninguna duda, pasó. Las botas de charol lo rodearon y las de puntera cuadrada pasaron por encima. No hay ningún misterio en ello. Me limito a aplicar a la vida cotidiana los principios de observación y deducción a los que hacía referencia en ese artículo. ¿Hay algo más que le intrigue?

—La longitud de las uñas y el tabaco Trichinopoly.

—La palabra de la pared la escribió el índice de un

varón mojado en sangre. Pude observar con mi lupa que al hacerlo arañó ligeramente el yeso de la pared, lo que no habría sucedido si las uñas del hombre estuvieran recortadas. Y recogí algo de ceniza del suelo. Era esponjosa y oscura: solo el tabaco Trichinopoly deja ese tipo de ceniza. Me he dedicado a estudiar la ceniza que deja el tabaco. De hecho, he escrito una breve monografía al respecto. Presumo de poder reconocer a simple vista la ceniza dejada por cualquier marca conocida de cigarrillos o puros. Estos son los detalles que distinguen a un buen detective de Gregson y Lestrade.

—¿Y lo del rostro rojizo? —pregunté.

—Eso ha sido algo más aventurado, aunque no tengo ni la menor duda de que es una afirmación correcta. De todas formas, dado el punto de la investigación en el que nos encontramos, no debe preguntarme sobre ello.

Me pasé una mano por la frente.

—Me va a estallar la cabeza —dije—; cuanto más se piensa en ello, más misterioso resulta todo. ¿Por qué fueron esos dos hombres, si es que se trata de dos hombres, a una casa deshabitada? ¿Qué ha sido del cochero que los llevó hasta allí? ¿Cómo pudo uno de ellos obligar al otro a tomar el veneno? ¿De dónde salió la sangre? ¿Qué pretendía el asesino, ya que descartamos el robo como móvil? ¿Cómo llegó allí una alianza de mujer? Y por encima de todo, ¿por qué escribió el segundo hombre, antes de desaparecer, la palabra alemana «Rache»? Confieso que no veo cómo aunar todos estos hechos.

Mi compañero sonrió, aprobador.

—Acaba de resumir todas las dificultades del caso de forma concisa y correcta —dijo—. Quedan todavía muchos puntos oscuros, aunque estoy bastante seguro de lo que ha sucedido. Y por lo que respecta al descubrimiento del pobre Lestrade, es un pueril intento de despistar a la policía sugiriendo la implicación de elementos socialistas y sociedades secretas en el asunto. No lo hizo un alemán. No sé si se fijó en que la letra a estaba escrita imitando la manera alemana de escribir esa letra. Ahora bien, un alemán auténtico escribe siempre en caracteres latinos; de donde podemos concluir con seguridad que no lo escribió uno de ellos, sino un imitador torpe que se excedió en su papel. Es un mero intento de desviar la investigación hacia cauces erróneos. No voy a darle más detalles del caso, doctor. Como usted sabe, un mago pierde su encanto una vez desvela todos sus trucos. Y si le cuento mucho más acerca de mis métodos de trabajo, va a llegar usted a la conclusión de que soy, después de todo, un individuo bastante vulgar y corriente.

—Eso no sucederá nunca —respondí—, ha conseguido convertir la investigación en lo más próximo posible a una ciencia exacta.

Mis palabras y la sinceridad con que las pronuncié hicieron sonrojar de placer a mi compañero. Ya me había dado cuenta de que era sensible a los halagos hacia sus habilidades, de la misma manera que a una jovencita le gusta que alaben su belleza.

—Le diré una cosa más —dijo—: las botas de charol y las de puntera cuadrada llegaron a la casa en el mismo coche y caminaron amistosamente por el sendero; probablemente iban cogidos del brazo. Una vez dentro, caminaron arriba y abajo por la habitación. Mejor dicho, el de las botas de puntera cuadrada caminó arriba y abajo mientras que el de las botas de charol permaneció de pie sin moverse. Lo vi en el polvo del suelo. Además, a medida que pasaba el tiempo, se excitaba cada vez más, pues sus zancadas aumentan de longitud. Habló sin parar hasta que estuvo realmente furioso. Y entonces sucedió la tragedia. Le he contado todo lo que sé, todo lo demás son meras conjeturas. Pero tenemos una buena base de partida para comenzar a trabajar. Tenemos que darnos prisa, pues quiero asistir esta tarde al concierto de Hallé para oír a Norman-Neruda.

Esta conversación había tenido lugar mientras el coche recorría míseras callejuelas y tristes zonas apartadas. Al llegar a la calle más triste y mísera de todas, el coche se detuvo.

—Esa de ahí es Audley Court —dijo el cochero señalando una estrecha abertura entre las casas de mortecinos ladrillos—. Los espero aquí.

Audley Court no era un lugar acogedor. El estrecho pasadizo nos condujo a un cuadrado pavimentado con losetas y rodeado de sórdidas viviendas. Nos abrimos paso entre sucios chiquillos e hileras de ropa desteñida, hasta que conseguimos llegar al número 46, puerta que estaba decorada con una placa de color dorado en la que aparecía grabado el nombre Rance. Nos dijeron que el oficial de policía estaba en la cama y nos condujeron hasta un saloncito para que esperásemos a que apareciera.

Apareció de inmediato, irritado por haber sido molestado durante su sueño.

—Ya hice mi informe en la comisaría —dijo.

Holmes sacó medio soberano de su bolsillo y empezó a juguetear pensativamente con él.

—Pensamos que nos gustaría oírlo de sus propios labios —dijo.

—Me complacerá contarles todo lo que sé —dijo el policía con los ojos fijos en el pequeño disco dorado.

—Cuéntenos con sus propias palabras lo que sucedió.

Rance se sentó en el sofá de pelo de caballo y frunció las cejas como si se esforzase por no olvidar nada de lo sucedido.

—Les contaré todo desde el principio —dijo—. Mi turno es de las diez de la noche a las seis de la mañana. A las once hubo una bronca en White Hart; pero, salvo eso, estaba todo bastante tranquilo. A la una empezó a llover y me encontré con Harry Murcher, que es quien hace la ronda por Holland Grove. Estuvimos hablando un rato en la esquina de Henrietta Street. A eso de las dos o quizá un poco más tarde, pensé que debía echar un vistazo por Brixton Road. Estaba completamente vacía. No vi ni a un alma, aunque uno o dos coches pasaron por mi lado. Caminaba por allí, entre nosotros les diré que estaba pensando lo bien que me sentaría un trago de ginebra, cuando me llamó la atención una luz a través de una de las ventanas de esa casa. Sabía que esas dos casas de Lauriston Gardens están deshabitadas porque el dueño se niega a reparar los desagües a pesar de que el último inquilino murió de fiebres tifoideas. Me sorprendió por tanto ver luz allí y pensé que algo no marchaba bien. Cuando llegué a la puerta...

—Se detuvo y regresó a la puerta del jardín —le interrumpió mi compañero—. ¿Por qué lo hizo?

Rance saltó violentamente y miró fijamente a Holmes vivamente sorprendido.

—Caramba, señor, es cierto, así fue —dijo—. Aunque solo el cielo sabe cómo lo sabe usted. Verá, cuando llegué a la puerta todo seguía tan tranquilo y solitario que pensé que no estaría de más llevar a alguien conmigo. No tengo miedo de nada que esté a este lado de la tumba, pero pensé que quizá el tipo que había muerto de fiebres tifoideas andaba revisando los desagües que le mataron. Me puse malo de pensarlo y retrocedí hacia la verja para intentar ver la linterna de Murcher, pero no había ni rastro de él ni de nadie más.

—¿No había nadie por la calle?

—Ni un alma, señor, ni siquiera un perro. Hice un esfuerzo y volví de nuevo a casa y abrí la puerta. Dentro no se oía nada, así que fui a la habitación en la que había luz. Sobre la repisa de la chimenea temblaba la llama de una vela, una de cera roja, y bajo su luz vi...

—Sí, sé lo que vio. Caminó alrededor de la habitación varias veces, se arrodilló al lado del cadáver y cruzó la habitación para intentar abrir la puerta de la cocina, y entonces...

John Rance se puso en pie de un salto, con la sospecha en sus ojos y cara de asustado.

—¿Dónde estaba escondido para poder ver todo eso? —gritó—. Me parece que sabe mucho más de lo que debería saber.

Holmes se rio y lanzó su tarjeta por encima de la mesa hacia el policía.

—No me detenga como autor del asesinato —dijo—. Soy uno de los sabuesos, no la presa; los señores Gregson y Lestrade se lo confirmarán. Continúe, por favor: ¿qué hizo a continuación?

Rance se sentó de nuevo aunque no perdió su expresión atónita.

—Regresé a la puerta del jardín e hice sonar mi silbato. Eso hizo acudir al lugar a Murcher y a otros dos.

—¿Seguía la calle vacía?

—Sí, por lo que respecta a gente que fuese útil.

—¿Qué significa eso?

La cara del policía se iluminó con una sonrisa.

—He visto a muchos borrachos en mi vida, pero a nadie con una cogorza como la de ese tipo. Estaba apoyándose en los listones de la verja cuando salí de nuevo a la calle y berreaba a pleno pulmón algo sobre el nuevo estandarte de *Colombina* o algo similar. No podía ni sostenerse en pie, mucho menos servir de ayuda.

—¿Cómo era ese hombre? —preguntó Sherlock Holmes. John Rance parecía molesto por esta interrupción.

—Era un hombre excepcionalmente borracho. De no ser por el lío que teníamos, habría acabado con sus huesos en comisaría.

—Su cara, su ropa, ¿no se fijó en nada de eso? —interrumpió Holmes impaciente.

—Teniendo en cuenta que entre Murcher y yo tuvimos que tirar de él, sí creo que me fijé en eso. Era un tipo largo, con la cara colorada y la mitad inferior de ella envuelta...

—Eso basta —dijo Holmes—. ¿Qué fue de él?

—Teníamos bastantes cosas que hacer como para ocuparnos de él —contestó ofendido el policía—. Apuesto a que encontró solito el camino de vuelta a casa.

—¿Cómo iba vestido?

—Llevaba un abrigo marrón.

—¿Llevaba un látigo en la mano?

—¿Un látigo? No.

—Debió de dejarlo atrás —musitó mi compañero—. ¿Vio u oyó algún carruaje después de ese incidente?

—No.

—Aquí tiene su medio soberano —dijo mi compañero poniéndose en pie y cogiendo su sombrero—. Me temo, Rance, que nunca ascenderá en el cuerpo. Esa cabeza suya sería igual de útil como pisapapeles que sobre sus hombros. Anoche tuvo la oportunidad de ganarse sus galones de sargento. Ese hombre que tuvo a su merced es el que posee la llave del misterio y es el hombre que estamos buscando. No tiene sentido darle vueltas. Marchémonos, doctor.

Fuimos hacia el coche, dejando a nuestro interrogado con cara de incredulidad, pero visiblemente incómodo.

—¡El muy idiota! —exclamó amargamente Holmes mientras regresábamos a casa—. Pensar que tuvo tamaño golpe de suerte y no fue capaz de aprovecharlo...

—Sigo en tinieblas. Cierto es que la descripción de ese hombre coincide con la que hizo usted del segundo protagonista de este misterio, pero no comprendo por qué regresó a la casa. Un criminal no hace eso.

—El anillo, amigo mío, el anillo: por eso regresó. Si no somos capaces de dar con él por otros medios, siempre podremos usar el anillo como cebo. Le cogeré, doctor, le apuesto dos a uno a que le cojo. Debo darle las gracias por todo esto. De no haber sido por usted me habría perdido uno de los estudios más delicados con los que me he topado jamás: un estudio en escarlata. ¿Y por qué no habríamos de utilizar jerga artística para referirnos a este asunto? El cabo escarlata del crimen se entrelaza con la incolora madeja de la vida y nuestra misión es descubrirlo, aislarlo y darlo a conocer. Ahora, a comer, y después, Norman-Neruda. Su forma de atacar y de manejar el arco es espléndida.

¿Qué pieza de Chopin es la que toca tan extraordinariamente bien: tra-la-la-lira-lei?

Y el sabueso aficionado se recostó en el asiento del coche cantando como un jilguero mientras yo reflexionaba sobre las innumerables facetas de la personalidad humana.

5

Nuestro anuncio atrae a un visitante

La actividad que desarrollamos a lo largo de toda la mañana fue excesiva para mi débil salud y por la tarde estaba completamente agotado. Cuando Holmes se marchó al concierto me tumbé en el sofá y me dispuse a dormir durante un par de horas. Fue totalmente inútil. Mi mente estaba excesivamente excitada por todo lo ocurrido y a ella llegaban las ideas y suposiciones más descabelladas. Cada vez que cerraba los ojos veía delante de mí la cara deforme y de expresión simiesca del hombre asesinado. Me producía una impresión tan siniestra que no podía evitar sentir gratitud hacia el hombre que había eliminado a su propietario de este mundo. Si en alguna ocasión los rasgos de un rostro han delatado la corrupción de su propietario, han sido sin duda los de Enoch J. Drebber, originario de Cleveland. A pesar de ello, sé que debe hacerse justicia y que el que la víctima sea un depravado no justifica su asesinato.

Cuanto más pensaba sobre ello, más me asombraba la hipótesis de envenenamiento que sostenía mi compañero. Recordaba cómo había olido sus labios y estaba seguro de que había percibido algo que le había sugerido esa idea. Además, si no se trataba de un veneno, ¿cuál había sido la causa de la muerte? El cadáver no presentaba heridas ni huellas de estrangulamiento. Pero, por otro lado, ¿a quién pertenecía la sangre tan abundantemente extendida por el suelo? No había señales de que se hubiese producido una pelea ni la víctima llevaba encima ningún arma con la que pudiese haber herido a su agresor. Tuve la impresión de que no conseguiría dormir con facilidad, ni Holmes tampoco, mientras todas estas cuestiones estuviesen sin resolver. Su seguridad y su tranquilidad me hacían pensar que había conseguido llegar a una explicación que tenía en cuenta todos los hechos, aunque yo no fuese capaz de imaginar cuál podía ser. Holmes tardó mucho en regresar a casa, tanto que era imposible que el concierto le hubiese entretenido durante todo ese tiempo. La cena llevaba servida algún rato cuando llegó.

—Ha sido un concierto magnífico —dijo al sentarse—. ¿Recuerda lo que dice Darwin acerca de la música? Él afirma que los humanos poseemos la capacidad para apreciarla desde antes de tener el don de la palabra. Quizá por eso su influencia en nosotros es tan sutil: conservamos en nuestras almas los recuerdos borrosos de esos siglos lejanos en los que el mundo comenzó a existir.

—Esa es una interpretación un tanto libre —comenté.

—Nuestra mente debe ser tan libre como la propia naturaleza si ansiamos comprenderla —respondió—.

¿Qué le sucede? Parece que este asunto de Brixton Road le ha afectado.

—Pues, para ser sincero, así ha sido —dije—. Debería ser más fuerte tras haber pasado por lo que pasé en Afganistán. En la batalla de Maiwand vi cómo despedazaban a mis propios camaradas sin perder los nervios.

—Lo entiendo. El misterio que rodea a este caso estimula la imaginación, y sin imaginación no hay horror. ¿Ha visto el periódico de la tarde?

—No.

—Trae un resumen bastante bueno de los hechos. Y no dice nada de que rodara por el suelo una alianza de mujer cuando se levantó el cadáver. Y eso está muy bien.

—¿Por qué?

—Mire este anuncio —respondió—. Esta mañana, justo después de enterarnos de este asunto, envié uno a cada periódico.

Me acercó el periódico y miré donde me había indicado. Era el primer anuncio que podía leerse en la columna de «Encontrado». El anuncio decía así: «Esta mañana en Brixton Road, alianza de mujer de oro liso, en la calzada entre la taberna White Hart y Holland Grove. Acúdase al domicilio del doctor Watson, Baker Street 221B, entre las ocho y las nueve de la noche de hoy».

—Disculpe que haya utilizado su nombre —dijo—, pero si utilizo el mío, alguno de esos cabezas de chorlito podría verlo y seguro que intentarían inmiscuirse en el asunto.

—No se preocupe —respondí—. Pero suponiendo que aparezca alguien por aquí, yo no tengo ningún anillo.

—Oh, sí, sí lo tiene —me dijo dándome uno—. Este servirá. Es prácticamente un calco del otro.

—¿Y quién cree que responderá a este anuncio?

—Naturalmente, el hombre del abrigo marrón, nuestro amigo de rostro rojizo y botas de puntera cuadrada. Si no viene en persona, enviará a algún cómplice.

—¿No creerá que es demasiado peligroso?

—En absoluto. Si mi interpretación del caso es correcta, y tengo motivos para creer que así es, correrá cualquier riesgo con tal de recuperar el anillo. Sospecho que se le cayó al inclinarse sobre Drebber y que no reparó en ello en ese momento. Una vez estuvo fuera de la casa se dio cuenta de que lo había perdido y corrió de vuelta, pero se encontró con que, debido a su propio despiste, había dejado la vela encendida y eso había atraído a la policía. Lo único que pudo hacer fue fingir que estaba borracho para evitar las sospechas que su presencia en la puerta habría levantado. Póngase ahora en el lugar de este hombre. Al hacer memoria de lo sucedido se le habrá ocurrido que tal vez perdió el anillo en la calle tras salir de la casa. ¿Qué haría entonces? Mirar ávidamente si se ha publicado en los periódicos de la tarde un anuncio en el que se comunique que se ha encontrado el anillo. Sin duda sus ojos se posarán sobre este anuncio y se alegrará enormemente. ¿Por qué habría de sospechar que se trata de una trampa? A sus ojos, no hay manera de relacionar el asesinato con este anillo. Y vendría. Vendrá. Le verá aquí dentro de una hora.

—¿Y entonces?

—Déjeme a mí. ¿Tiene algún arma?

—Tengo mi antiguo revólver reglamentario y unos pocos cartuchos.

—Será mejor que lo limpie y lo cargue. Es un hombre dispuesto a todo, y aunque le pillaremos por sorpresa, es mejor estar preparados.

Fui a mi dormitorio y seguí su consejo. Cuando regresé con la pistola habían recogido la mesa y Holmes estaba ocupado con su pasatiempo favorito: rasguear el violín.

—La cosa se complica —me dijo cuando entré—. Acabo de recibir la respuesta al telegrama que envié a Estados Unidos. Mi percepción del caso es correcta.

—¿Y es? —pregunté ansiosamente.

—A mi violín le sentarían estupendamente unas cuerdas nuevas —comentó—. Guarde su revólver en el bolsillo. Cuando ese tipo aparezca, háblele con toda normalidad. Deje que yo haga el resto. No le asuste observándolo con excesivo interés.

—Son las ocho en punto —dije mirando mi reloj.

—Sí. Probablemente llegue en unos minutos. Abra ligeramente la puerta. Así está bien. Ponga la llave por dentro. ¡Gracias! Ayer encontré este libro tan inusual en un puesto callejero, *De Jure inter Gentes*, publicado en latín en el año 1642 en Lieja, Países Bajos. El viejo Carlos tenía todavía la cabeza firme sobre los hombros cuando este pequeño volumen marrón vio la luz.

—¿Quién lo publicó?

—Philippe de Croy, quienquiera que fuese. En la guarda puede leerse, en tinta muy descolorida: «Ex libris Guliolmi Whyte». Me gustaría saber quién fue este William Whyte. Algún pragmático hombre de leyes del siglo XVII, supongo. Su caligrafía tiene un cierto aire legal. Creo que ahí viene nuestro hombre.

Mientras hablaba se oyó un timbrazo seco en la puerta. Sherlock Holmes se levantó rápidamente y orientó su silla hacia la puerta. Oímos a la criada caminar a lo largo del recibidor y el seco ruido del pasador cuando lo descorrió para abrir la puerta.

—¿Vive aquí el doctor Watson? —preguntó una voz clara y algo ronca. No pudimos oír la respuesta de la criada, pero la puerta se cerró y alguien comenzó a subir por las escaleras. Las pisadas eran poco firmes y parecía que quien subía arrastraba un poco los pies. Mi compañero puso cara de sorpresa mientras escuchaba. Avanzó lentamente por el pasillo y oímos golpear débilmente la puerta.

—Adelante —dije.

Y en vez del hombre violento que esperábamos, fue una mujer vieja y con la cara llena de arrugas quien entró cojeando en nuestro apartamento. Parecía deslumbrada por la fuerte iluminación y, después de hacer una pequeña reverencia, se nos quedó mirando sin dejar de pestañear. Tenía los ojos llorosos y movía las manos nerviosamente dentro de los bolsillos. Miré a mi compañero y vi tal expresión de desconsuelo en su rostro que me costó trabajo mantener la compostura.

La vieja sacó un periódico vespertino y señaló nuestro anuncio.

—Es esto lo que me ha traído hasta aquí, amables caballeros —dijo, dejando caer otra reverencia—; la alianza de oro de Brixton Road. Pertenece a mi hija Sally, que se casó hace tan solo doce meses. Su marido es marinero a bordo de uno de los barcos de la Unión y no quiero ni pensar cómo se pondría si regresa a casa y ella no lleva la alianza. Ya es bastante bruto cuando está de buenas, pero es mucho peor si ha bebido. Sin ir más lejos, ella estuvo anoche en el circo con...

—¿Es este el anillo de su hija? —pregunté.

—¡El señor sea loado! —exclamó la vieja—. Sally será una mujer feliz esta noche. ¡Ese es su anillo!

—¿Me dice su domicilio, por favor? —solicité cogiendo un lápiz.

—Duncan Street, número 13, Houndsditch. Bastante lejos de aquí.

—Brixton Road no está entre ningún circo y Houndsditch —dijo Holmes secamente.

La vieja giró la cabeza y le miró con franqueza desde sus pequeños ojos de borde rojizo.

—Este caballero me ha preguntado dónde vivo *yo* —respondió—. Sally vive en el número 3 de Mayfield Place en Peckham.

—¿Y su nombre es...?

—Mi apellido es Sawyer; el de ella es Dennis desde que se casó con Tom Dennis. Un tipo estupendo y de fiar mientras está embarcado, y no hay mejor marinero que él en toda la compañía. Pero cuando desembarca, el alcohol y las pelanduscas...

—Tenga su anillo, señora Sawyer —la interrumpí obedeciendo a una señal de mi compañero—; es evidente que pertenece a su hija y me complace poder devolverlo a su legítimo dueño.

Tras muchas muestras de gratitud y murmurando gran cantidad de bendiciones, la vieja se guardó la alianza en el bolsillo y se arrastró escaleras abajo. Sherlock Holmes se puso en pie de un salto tan pronto ella salió y corrió hasta su dormitorio. Segundos después salió envuelto en un grueso abrigo de esos que llaman ruso y una chalina.

—La seguiré —dijo apresuradamente—; debe de ser una cómplice que me llevará hasta él. Espéreme levantado.

La puerta principal de la casa acababa de cerrarse detrás de nuestra visitante cuando Holmes se precipitaba ya escaleras abajo. Miré por la ventana y pude ver cómo la mujer caminaba inestablemente por la otra acera con su perseguidor tras ella a cierta distancia. «O bien su teoría es completamente incorrecta —pensé—, o se dirige al meollo de todo este misterio.» No tenía ninguna necesidad de pedirme que le esperase levantado, pues me resultaba completamente inútil intentar dormir hasta haber oído cómo terminaba su aventura.

Eran casi las nueve cuando se marchó. No tenía ni idea de cuánto tardaría en volver, así que me senté tranquilamente a fumar mi pipa y hojear un ejemplar de la *Vie de Bohème*, de Henri Murger. A las diez en punto oí los pasos de la doncella dirigiéndose a su dormitorio. A las once, los pasos más majestuosos de la dueña pasaron por delante de mi puerta con idéntico destino. Eran casi las doce cuando oí el sonoro chasquido del pasador de la puerta de la calle. Tan pronto como entró vi en su cara que su aventura no había sido exitosa. Se debatía entre la risa y el disgusto y finalmente ganó la primera y Holmes rompió en una abierta carcajada.

—No quisiera que los de Scotland Yard se enteraran por nada del mundo —exclamó dejándose caer en un sillón—; me he burlado tanto de ellos que no quiero ni imaginarme lo que durarían sus bromas. Puedo permitirme el reírme de ello porque sé que antes o después me haré justicia.

—¿Qué ha pasado? —pregunté.

—Bien, no tengo inconveniente en contar algo que demuestra que no soy perfecto. Ese ser no llevaba mucho tiempo caminando cuando empezó a cojear y a dar muestras de no poder andar mucho más. El caso es que se detuvo y llamó a un carruaje de cuatro ruedas que acertaba a pasar por allí en aquel momento. Yo estaba cerca de ella y oí la dirección que le daba al cochero; pero no hubiese hecho falta que me tomase tantas molestias, ya que berreó tanto, que hubiese podido oír lo que dijo desde la acera de enfrente: «Al número 13 de Duncan Street en Houndsditch», gritó. Y yo pensé: parece que cuadra con lo que nos ha dicho. Como había visto que ella montaba en el interior del coche, me enganché a la parte trasera del mismo. Esto último es algo que todos los detectives deberían aprender a hacer. Y bien, allá que fuimos, traqueteando y sin aminorar la marcha hasta que llegamos a la calle en cuestión. Salté del coche antes de llegar al número indicado y me puse a caminar despreocupadamente por la calle. Vi detenerse el coche. El cochero bajó del pescante y vi cómo abría la portezuela y permanecía a la espera. No descendió nadie. Cuando llegué a su altura, el cochero estaba poniendo patas arriba el interior del vacío carruaje y desgranando la retahíla de maldiciones más impresionante que he oído jamás. No había ni rastro de su pasajera y me temo que pasará mucho tiempo antes de que pueda cobrar su carrera. Cuando fuimos a investigar al número 13 de esa calle, descubrimos que su dueño es un respetable empapelador de nombre Keswick que jamás ha oído hablar de nadie llamado Sawyer o Dennis.

—¿Me está diciendo —pregunté completamente anonadado— que esa frágil e inestable anciana fue capaz de saltar del coche en marcha sin que usted se diese cuenta?

—¡Al diablo con la anciana! —dijo cortante Sherlock Holmes—. Nosotros fuimos las ancianas timadas.

Era un hombre joven y en forma. Por no mencionar que un actor excelente. El disfraz era inmejorable. Sin duda alguna, se dio cuenta de que le seguía y me dio esquinazo. Esto demuestra que nuestro hombre no está tan solo como yo pensaba, sino que tiene amigos dispuestos a arriesgarse por él. Doctor, tiene usted mal aspecto. Hágame caso y váyase a dormir.

La verdad es que estaba agotado, así que hice caso de lo que me decía. Le dejé sentado delante de las ascuas que quedaban en la chimenea. Bien avanzada la noche, oí los graves y melancólicos lamentos de su violín y supe que Holmes seguía meditando el extraño problema que se había propuesto resolver.

6

Tobias Gregson demuestra de lo que es capaz

Los periódicos del día siguiente contenían un montón de artículos respecto a lo que habían bautizado como «el misterio de Brixton». En cada uno de ellos aparecía un largo relato de los hechos e incluso alguno de los diarios dedicaba parte del editorial a este caso. Algunos de los datos que proporcionaban eran completamente novedosos para mí. Todavía conservo en mi álbum algunos recortes y fragmentos de artículos que se dedicaron al tema. A continuación incluyo un breve resumen de algunos de ellos:

El *Daily Telegraph* hacía hincapié en que en los anales del crimen rara vez se había producido un caso con unas particularidades tan extrañas como las de este. El apellido alemán de la víctima, la ausencia de cualquier otro móvil y la siniestra palabra escrita en la pared, todo ello parecía indicar que los responsables de este acto eran refugiados políticos y revolucionarios. Los socialistas habían conseguido asentarse en Norteamérica y el fallecido había, sin duda alguna, infringido alguna de sus normas no escritas y le habían perseguido hasta nuestro país. Y después de mencionar con gran vehemencia a la Vehmgericht, el agua tofana, los Carbonari, la marquesa de Brinvilliers, las teorías de Darwin, los principios de Malthus y los asesinatos de Ratcliff Highway, el artículo concluía con una severa advertencia al Gobierno y con la demanda de medidas de vigilancia más estrictas sobre los inmigrantes en este país.

El periódico *Standard* comentaba que los actos criminales de este tipo suelen producirse bajo gobiernos liberales y que el origen de estos hechos hay que buscarlo en los agitadores de masas y el consecuente debilitamiento de la autoridad. El fallecido era un caballero americano que llevaba unas pocas semanas residiendo en nuestra metrópoli, alojado en la residencia de Madame Charpentier, en Torquay Terrace, Camberwell. Le acompañaba en su viaje su secretario personal, el señor Stangerson. Ambos se despidieron de su casera el día 4 del presente, martes, y fueron a la estación de Euston. Su intención era coger el expreso a Liverpool. Más tarde se los vio juntos en el andén. Y se pierde su pista hasta que, como se recordará, se encontró el cadáver del señor Drebber en una casa abandonada de Brixton Road, a muchas millas de distancia de Euston. Cómo llegó allí y cómo encontró su trágico destino, sigue siendo un misterio. Se desconoce el paradero de Stangerson. Nos complace saber que son los detectives de Scotland Yard Gregson y Lestrade quienes se encargan de este caso y confiamos en que estos conocidos investigadores arrojen muy pronto luz sobre el asunto.

El *Daily News* señalaba que no había ni la menor duda de que estábamos ante un crimen de móvil político. El despotismo y el odio que actuaban como motor de los gobiernos de la Europa continental habían originado la llegada a nuestras costas de muchos hombres que habrían sido ciudadanos ejemplares de no ser por los horrorosos recuerdos de las atrocidades vividas que les atormentaban. Entre estos hombres existía un estricto código de honor y cualquier infracción de este último se pagaba con la vida. No debían escatimarse esfuerzos a la hora de localizar al secretario, el señor Stangerson, para que confirmase algunos hábitos del finado. El descubrimiento del lugar donde ambos se habían hospedado había significado un gran avance; todo debido a la perspicacia y la energía del señor Gregson, de Scotland Yard.

Sherlock Holmes y yo leímos todos estos artículos mientras desayunábamos, y parecía que todos ellos conseguían despertar su hilaridad.

—Ya se lo dije: pase lo que pase, el tanto se lo apuntarán Gregson y Lestrade.

—Eso dependerá de cómo acabe todo.

—¡Dios le bendiga! Eso es lo de menos. Si cazan a ese tipo, será *gracias a sus* esfuerzos. Y si se les escapa, habrá sido *a pesar de* todos sus esfuerzos. Vamos, si sale cara gano yo y si sale cruz tú pierdes. Hagan lo que hagan, tendrán partidarios. *Un sot trouve toujours un plus sot qui l'admire.*[1]

—¿Qué demonios ocurre? —exclamé, pues en ese mismo instante se oyó el golpeteo de muchos pies por

---

1. Un imbécil siempre encuentra a otro más imbécil que le admire. *(N. de la T.)*

el recibidor y escaleras arriba, acompañados de los gritos de protesta de nuestra casera.

—Es la representación de las fuerzas de la autoridad, división de Baker Street —dijo, muy serio, mi compañero; y mientras hablaba, la habitación se vio inundada por media docena de los golfillos más zarrapastrosos y sucios que nunca había visto.

—¡Firmes! —dijo Holmes en tono seco. Y los seis pilluelos formaron en fila como si de estatuillas de poca monta se tratase—. De ahora en adelante solo Wiggins subirá a informar y los demás le esperaréis en la calle. ¿Lo encontrasteis, Wiggins?

—No, señor —dijo uno de los niños.

—No esperaba que lo hicieseis. Seguid hasta que lo consigáis. Vuestra paga —les dio un chelín a cada uno—. Ahora, salid de aquí y a ver si me traéis mejores informes la próxima vez.

Les despidió con un gesto de la mano y salieron disparados escaleras abajo como un tropel de ratas, y enseguida oímos sus voces en la calle.

—Estos pequeños mendigos trabajan mejor que una docena de policías regulares —comentó Holmes—. Con solo ver a alguien vestido de uniforme, la mayoría de las personas se callan como tumbas. Estos chiquillos, en cambio, pueden meterse en cualquier sitio y lo oyen todo. Y son astutos como zorros. Lo único que necesitan es algo de organización.

—¿Los está utilizando para el caso Brixton? —pregunté.

—Sí. Hay un detalle que quiero comprobar. Es solo cuestión de tiempo. ¡Caramba! Vamos a saber lo que son novedades, pero de verdad. Por ahí viene Gregson con una expresión de beatitud en el rostro.

Seguro que viene a vernos. Sí, se ha detenido. ¡Ahí está!

Sonó un violento campanillazo y pocos segundos después el rubio detective subió los escalones de tres en tres e irrumpió en nuestro salón.

—Mi querido amigo —dijo estrechando la mano inerte de Holmes—, ¡felicíteme! Acabo de esclarecer por completo nuestro caso.

El expresivo rostro de mi compañero dio muestras de sentir algo de ansiedad.

—¿Quiere decir que va usted por el buen camino? —preguntó.

—¿El buen camino? ¡Le he arrestado!

—¿Y se llama?

—Arthur Charpentier, subteniente de la Marina Real —dijo Gregson pomposamente, frotándose las manos e hinchando el pecho.

Sherlock Holmes suspiró aliviado y su rostro se relajó en una sonrisa.

—Siéntese y pruebe uno de estos puros —dijo—. Estamos ansiosos por escuchar su relato. ¿Le apetece un whisky con agua?

—No le diré que no —dijo el detective—. El esfuerzo de los últimos días ha sido agotador. No tanto por el esfuerzo físico, sino por el mental. Usted sabrá de lo que le hablo, señor Holmes, pues ambos estamos acostumbrados a trabajar con el cerebro.

—Me honra usted —dijo Holmes muy serio—. Cuéntenos cómo ha llegado a este resultado tan satisfactorio.

El detective se sentó en el sillón y dio unas caladas al puro placenteramente. De repente, en un paroxismo de hilaridad, se palmeó en el muslo.

—Lo más divertido de todo es que ese idiota de Lestrade —exclamó—, que se cree tan listo, está siguiendo la pista equivocada. Está persiguiendo al secretario, a Stangerson, que está tan involucrado en el asesinato como un bebé de pecho. Estoy seguro de que ya le habrá pillado.

Esta última idea hizo tanta gracia a Gregson que empezó a reír de tal manera que se atragantó.

—¿Cómo dio usted con su pista?

—Se lo contaré. Naturalmente, doctor Watson, esto es estrictamente confidencial. Lo más difícil era tener acceso a los antecedentes de este americano. Otra persona hubiese esperado a que los anuncios que habíamos puesto diesen su fruto o a que algún informador acudiese voluntariamente hasta nosotros, pero esa no es la forma de trabajar de Tobias Gregson. ¿Recuerdan el sombrero que había al lado del cadáver?

—Sí —dijo Holmes—, fabricado por John Underwood e Hijos, Camberwell Road, número 129.

Gregson pareció muy alicaído.

—No tenía ni idea de que hubiese reparado en ello —dijo—. ¿Ha estado allí?

—No.

—¡Ajá! —exclamó aliviado Gregson—. No hay que despreciar ningún indicio, por poco relevante que parezca.

—Para una mente inteligente, ninguno lo es —contestó Holmes sentencioso.

—El caso es que fui a ver a Underwood y le pregunté si había vendido algún sombrero que se ajustase al tamaño y descripción. Consultó en sus libros y lo localizó al instante. Se lo había mandado al señor Drebber, con residencia en la casa de huéspedes Charpentier, en Torquay Terrace. Así conseguí su dirección.

—Astuto, muy astuto —murmuró Holmes.

—Lo siguiente que hice fue visitar a la señora Charpentier —continuó el detective—. La encontré muy pálida y angustiada. Su hija, una joven extraordinariamente bella, estaba también en la habitación. Me di cuenta de que tenía los ojos rojos y le temblaban los labios al hablar. Y la cosa empezó a olerme mal. Ya conoce la sensación, señor Holmes: cuando uno se da cuenta de que va por el buen camino, los sentidos se ponen alerta. «¿Se han enterado de la misteriosa muerte de su antiguo inquilino el señor Enoch J. Drebber, de Cleveland?», les pregunté. La madre asintió. No parecía capaz de articular palabra. La hija rompió a llorar. Sentí que esta gente estaba implicada de alguna manera.

»—¿A qué hora se marchó de aquí el señor Drebber para coger su tren? —pregunté.

»—A las ocho en punto —respondió luchando por contener su agitación—. Su secretario, el señor Stangerson, dijo que había dos trenes, uno a las nueve y cuarto y otro a las once. Querían coger el primero.

»—¿Fue esa la última vez que le vieron?

»La expresión en su rostro al oír esta pregunta fue horrible. Se puso lívida. Transcurrieron unos segundos antes de que fuese capaz de pronunciar una única palabra: "Sí". Pero el tono en el que lo dijo era ronco y artificial.

»Hubo un silencio y la hija dijo con voz tranquila y clara: "No sacaremos nada bueno con mentiras, madre. Seamos sinceras con este caballero. *Volvimos a ver* al señor Drebber".

»—¡Que Dios te perdone! —gritó madame Charpentier llevándose las manos a la cabeza y hundiéndose en el sillón—. Acabas de condenar a tu hermano.

»—A Arthur le gustaría que dijésemos la verdad —respondió con firmeza la chica.

»—Será mejor que me lo cuenten todo. Una verdad a medias es peor que una mentira —les dije—. Además, no saben ustedes lo que nosotros sabemos.

»—¡Sobre tu conciencia, Alice! —gritó la madre. Se giró hacia mí y me dijo—: Se lo contaré todo. No crea que mi preocupación por mi hijo se debe a que crea que esté implicado en la muerte de ese hombre, pues es completamente inocente. Pero temo que a ojos de usted u otras personas parezca que tiene algo que ver. Aunque eso es del todo imposible: su noble carácter, su profesión, su vida entera lo impiden.

»—Lo mejor es que descargue su conciencia y me cuente lo que sucedió —respondí—. Si su hijo es realmente inocente, no dependerá de lo que usted nos cuente.

»—Quizá sea mejor que nos dejes a solas, Alice —dijo, y su hija salió de la habitación—. Señor —continuó—, no tenía intención de contarle todo esto, pero ya que mi pobre hija ha comenzado a hablar, no tengo alternativa. Y ya que he decidido hablar, no omitiré ningún detalle.

»—Es lo más sensato por su parte —dije.

»—El señor Drebber estuvo con nosotros casi tres semanas. Él y su secretario, el señor Stangerson, habían estado viajando por el continente. Vi una etiqueta de Copenhague en sus baúles, así que esa había sido su última parada. Stangerson era un hombre tranquilo y reservado, pero he de decir que su patrón era todo lo contrario. Tenía modales rudos y vulgares. La misma noche en que llegaron bebió en exceso y era difícil verle sobrio pasadas las doce del mediodía.

Su forma de comportarse con las doncellas era excesivamente familiar y libertina. Y lo peor es que decidió aplicar el mismo trato a mi hija Alice y le hablaba en unos términos que, afortunadamente, su inocencia no le permitía comprender. En una ocasión llegó a agarrarla y abrazarla; ultraje que hizo que su propio secretario le reprendiera por su poco caballeroso comportamiento.

»—¿Y por qué soportó usted todo esto? —pregunté—. Supongo que es usted muy libre de echar a sus huéspedes cuando lo desee.

»Madame Charpentier se sonrojó ante esta oportuna pregunta.

»—Ojalá le hubiese echado el mismo día que llegó —dijo—. Pero la tentación fue más fuerte. Me pagaban una libra al día cada uno. Catorce libras a la semana. Y estamos en temporada baja. Soy viuda y he gastado mucho dinero en mi hijo, el que está ahora en la Marina. Creí que hacía lo correcto pensando en el dinero que iba a ganar. Sin embargo, esa fue la gota que colmó el vaso y les pedí que se marchasen. Ese fue el motivo de su partida.

»—¿Y bien?

»—Me alegré de verlos partir. Mi hijo está de permiso ahora, pero no sabía nada de esto: quiere muchísimo a su hermana y tiene un temperamento muy fuerte. Cuando cerré la puerta tras ellos, fue como si me quitasen un peso de encima. Pero en menos de una hora sonó la campanilla y supe que el señor Drebber había regresado. Estaba muy excitado y era obvio que estaba completamente borracho. Se abrió paso hasta la habitación donde mi hija y yo estábamos sentadas y dijo algo completamente incoherente acerca de haber perdido el tren. Miró a Alice y en mi propia cara le propuso que huyese con él. "Ya eres adulta", le dijo, "no hay ley que pueda impedírtelo y yo tengo dinero de sobra. Olvídate de la vieja y ven conmigo. Vivirás como una princesa". La pobre Alice estaba tan aterrorizada que huyó de él, pero él la agarró por la muñeca e intentó arrastrarla hasta la puerta. Grité y en ese momento apareció mi hijo Arthur en la habitación. No sé qué es lo que pasó entonces. Oí maldiciones y el ruido de una pelea, pero estaba tan asustada que no me atreví a mirar. Cuando levanté la cabeza vi a Arthur riéndose en la puerta y con un bastón en la mano. "Dudo que ese tipo tan elegante se atreva a volver por aquí", dijo. "Le seguiré para ver qué hace". Y con esas palabras tomó su sombrero y salió a la calle. A la mañana siguiente nos enteramos de la misteriosa muerte del señor Drebber.

»La señora Charpentier hizo esta declaración con muchas pausas y jadeos. En ocasiones hablaba tan quedamente que casi no podía oír lo que decía. Tomé notas taquigráficas de toda su declaración para evitar confusiones posteriores.

—Es muy interesante —dijo Holmes bostezando—. ¿Qué pasó después?

—Una vez madame Charpentier concluyó su relato —siguió diciendo el detective—, vi que todo el caso dependía de una única cosa. Fijé mi vista en ella, pues he descubierto que eso siempre funciona con las mujeres, y le pregunté a qué hora había regresado su hijo.

»—No lo sé —respondió.

»—¿No lo sabe?

»—No. Él tiene una llave y no es necesario abrirle.

78

»—¿Fue después de que se metiera usted en la cama?

»—Sí.

»—¿A qué hora se acostó usted?

»—Hacia las once.

»—O sea que su hijo estuvo fuera dos horas por lo menos.

»—Sí.

»—¿Es posible que fuesen cuatro o cinco?

»—Sí.

»—¿Y qué hizo durante todo ese tiempo?

»—No lo sé —respondió, palideciendo por completo.

»Naturalmente, después de esto solo podía hacer una cosa. Localicé al subteniente Charpentier y, acompañado por dos policías, me fui a arrestarle. Una vez le toqué en el hombro y le pedí que nos acompañase sin armar escándalo, nos dijo con toda desfachatez: "Supongo que me arrestan por haber matado al sinvergüenza de Drebber". No habíamos dicho nada en absoluto del tema, así que esta alusión suya resulta de lo más sospechosa.

—Y tanto —dijo Holmes.

—Todavía llevaba el pesado bastón de roble macizo que según su madre cogió cuando siguió a Drebber.

—Así pues, ¿cuál es su teoría?

—Creo que siguió a Drebber hasta Brixton Road y que una vez allí tuvieron un altercado durante el que Drebber resultó golpeado con el bastón, quizá en la boca del estómago. Y eso le mató sin dejar señales. Llovía tanto que no había nadie por allí, así que Charpentier arrastró el cuerpo hasta el interior de la casa deshabitada. Y por lo que respecta a la vela, la sangre, el mensaje en la pared y el anillo, bien pudiera tratarse de tretas para despistar a la policía.

—¡Muy bien hecho! —le animó Holmes—. La verdad es que lo ha hecho usted muy bien Gregson. Conseguiremos hacer carrera de usted.

—Me congratulo de haber conseguido resolverlo con bastante limpieza —respondió orgulloso el detective—. Ese joven hizo voluntariamente una declaración en la que afirma haber seguido a Drebber durante un rato, hasta que este se dio cuenta de ello y alquiló un coche para alejarse. De vuelta a casa se encontró con un marino amigo suyo y dio un largo paseo con él. Al preguntarle dónde vive este hombre no ha sido capaz de proporcionar una respuesta satisfactoria. Creo que todo encaja excepcionalmente bien. Me hace gracia Lestrade, que está siguiendo una pista que no conduce a ningún sitio. Me temo que no va a sacar mucho en claro. ¡Demonios, si es él en persona!

Y de hecho, así era. Mientras hablábamos, Lestrade en persona había subido las escaleras y estaba ya en la habitación. La seguridad y jovialidad que caracterizaban su atuendo y actitud habían desaparecido. Tenía el rostro demudado y parecía preocupado. Sus ropas estaban sucias y mal compuestas. Había venido con la clara intención de consultar a Sherlock Holmes, pues al ver a su colega dio la impresión de que sentía algo de embarazo y de que se sentía molesto. Permaneció de pie en el centro de la habitación, jugueteando nerviosamente con su sombrero y sin saber muy bien qué hacer.

—Este es un caso de lo más sorprendente —dijo por fin—, totalmente incomprensible.

—¿Eso cree, señor Lestrade? —dijo Gregson triunfante—. Estaba seguro de que llegaría usted a esa conclusión. ¿Ha dado con el secretario, el señor Joseph Stangerson?

—El señor Joseph Stangerson, el secretario —dijo Lestrade muy serio—, fue asesinado hacia las seis de esta mañana en el hotel Halliday.

7

Una luz en la oscuridad

La noticia con la que nos acababa de saludar Lestrade era de tal calibre y tan inesperada que nos quedamos los tres pasmados. Gregson se puso en pie y apuró de un trago su whisky con agua. Yo miré en silencio a Sherlock Holmes. Apretaba los labios y tenía las cejas fruncidas.

—También Stangerson —murmuró—, la cosa se complica.

—Ya era bastante complicada antes de esto —gruñó Lestrade—. Parece que acabo de meterme en una especie de consejo de guerra.

—¿Está... está usted seguro de lo que acaba de contarnos? —tartamudeó Gregson.

—Acabo de salir de su habitación —respondió Lestrade—. Fui yo quien descubrió lo sucedido.

—Hemos tenido oportunidad de escuchar las teorías de Gregson acerca de este caso —dijo Holmes—. ¿Sería tan amable de contarnos qué ha visto y hecho?

—No tengo ningún inconveniente —respondió

Lestrade, sentándose a su vez—. Confieso abiertamente que creía que Stangerson había tenido algo que ver en la muerte de Drebber, pero lo sucedido demuestra que estaba completamente equivocado. Convencido como estaba, me propuse encontrar a Stangerson. Se los vio juntos en la estación de Euston hacia las ocho y media de la tarde del día tres. A las dos de la madrugada se encontró el cadáver de Drebber. Lo que me proponía averiguar era qué había hecho Stangerson entre las ocho y media y la hora en la que se cometió el crimen y lo que había sido de él después. Envié a Liverpool un telegrama con la descripción de este hombre y les pedí que vigilasen los buques con destino a Estados Unidos. Y empecé a buscar por todos los hoteles y casas de huéspedes próximos a la estación de Euston. Pensé que si Drebber y su acompañante se habían separado, lo más lógico sería que el segundo se alojase en los alrededores y volviese de nuevo a la estación al día siguiente por la mañana.

—Lo más probable es que hubiesen acordado un punto de encuentro de antemano —comentó Holmes.

—Y así fue. Dediqué toda la tarde de ayer a intentar averiguar dónde estaba sin ningún resultado. Esta mañana comencé de nuevo muy temprano y a las ocho en punto estaba ya en el hotel Halliday, en Little George Street. Al preguntar si se alojaba allí el señor Stangerson, me respondieron afirmativamente de inmediato.

»—Sin duda es usted el caballero al que espera —me dijeron—. Lleva dos días esperando a un caballero.

»—¿Dónde está ahora? —pregunté.

»—Durmiendo en su habitación. Pidió que le despertásemos a las nueve.

»—Subiré a verle ahora mismo —dije.

»Me dio la impresión de que si me veía de improviso, tal vez se pusiese nervioso y me contase algo que no desease contar. El botones se ofreció a llevarme hasta la habitación, que estaba en el segundo piso. Se llegaba a ella a través de un pequeño pasillo. El botones me señaló qué puerta era y estaba a punto de marcharse cuando vi algo que me revolvió el estómago a pesar de mis veinte años de experiencia en el cuerpo. Por debajo de la puerta salía un reguero de sangre, que había fluido a lo ancho del pasillo y había formado un charco a lo largo del zócalo de enfrente. Mi grito hizo que el botones regresara. Casi se desmayó al verlo. La puerta estaba cerrada por dentro, pero cargamos contra ella y conseguimos abrirla. La ventana de la habitación estaba abierta y al lado de ella, hecho un ovillo, yacía el cadáver de un hombre en pijama. Muerto. Y a juzgar por la rigidez de sus miembros, llevaba muerto un buen rato. Le dimos la vuelta y el botones le reconoció de inmediato como el mismo hombre que había alquilado la habitación bajo el nombre de Joseph Stangerson. La muerte la había producido una profunda puñalada en el costado izquierdo que seguramente había atravesado el corazón. Y ahora viene lo más extraño de todo, ¿qué creen que había sobre el muerto?

Tuve un presentimiento sobre el horror que se avecinaba, que hizo que se me pusiese la carne de gallina, antes incluso de que Sherlock Holmes dijese:

—La palabra «Rache» escrita con sangre.

—Exacto —dijo Lestrade con voz sorprendida, y permanecimos todos en silencio durante un rato.

El comportamiento metódico e incomprensible del asesino hacía que sus crímenes fuesen especialmente repugnantes. A pesar de que estaba curtido en el campo de batalla, se me pusieron los nervios de punta.

—Pero vieron a nuestro hombre —continuó Lestrade—. Un repartidor de leche que iba a la lechería acertó a pasar por el camino que la une con los establos y que pasa por la parte trasera del hotel. Se dio cuenta de que había una escalera apoyada contra una ventana del segundo piso, que estaba completamente abierta. Después de haber pasado, se giró y vio a un hombre descender por la escalera. Bajó tan tranquilo y tan descuidadamente, que pensó que se trataba de un carpintero que estaba trabajando en el hotel. No le prestó especial atención, aunque le pareció que era un poco temprano para que estuviese ya trabajando. Cree que se trataba de un hombre alto, de rostro rojizo y que vestía un abrigo marrón largo. Tuvo que permanecer en la habitación algún tiempo después de haber cometido el asesinato, pues encontramos agua manchada de sangre en la palangana y restos de sangre en las sábanas en las que deliberadamente limpió su cuchillo.

Miré a Holmes al oír la descripción del asesino, que se ajustaba perfectamente a la que él había proporcionado. Y sin embargo no tenía en absoluto expresión de alegría ni satisfacción.

—¿Encontró algo en la habitación que pudiera proporcionar una pista que conduzca al asesino? —pregunté.

—Nada. Stangerson llevaba en el bolsillo la cartera de Drebber, como parece ser que era habitual, pues era él quien se encargaba de hacer los pagos. Contenía ochenta y pico libras y no se habían llevado nada. Sea cual sea el móvil de estos asesinatos, desde luego no es el robo. No había ni un solo papel ni informe en los bolsillos de Stangerson, salvo un telegrama con fecha de hace un mes y procedente de Cleveland que decía: «J. H. está en Europa». No llevaba firma.

—¿No había nada más?

—Nada de interés. La novela que había estado leyendo antes de dormir estaba sobre la cama y su pipa estaba sobre una silla a su lado. Había un vaso de agua sobre la mesilla de noche, y sobre el alféizar de la ventana, una pequeña caja de ungüento desconchada, que contenía dos píldoras.

Sherlock Holmes saltó de la silla lanzando una exclamación de satisfacción.

—¡El último eslabón! —gritó, feliz—. Acabo de resolver por completo el caso.

Los dos detectives se quedaron mirándole boquiabiertos.

—Tengo en mis manos —dijo mi compañero con seguridad— todos los cabos de esta maraña. Por supuesto, no tengo todos los detalles, pero estoy completamente seguro de los hechos principales, desde que Drebber y Stangerson se separaron en la estación hasta que se descubrió el cadáver de este último, como si lo hubiese visto con mis propios ojos. Se lo demostraré. ¿Es posible que pueda usted conseguir esas píldoras?

—Las tengo aquí —dijo Lestrade sacando una pequeña caja de color blanco—; cogí la caja, la cartera y el telegrama para ponerlo todo a buen recaudo en la comisaría. Cogí estas píldoras de casualidad, pues estoy seguro de que no tienen la menor relevancia en este caso.

—Démelas —dijo Holmes—. Y ahora, doctor, ¿le parece a usted que sean unas píldoras convencionales?

La verdad es que no lo eran. Eran de un color

gris perlado, pequeñas, esféricas y casi transparentes a la luz.

—Por su ligereza y transparencia, me inclino a pensar que son solubles en agua —comenté.

—Exactamente —respondió Holmes—. ¿Le importaría bajar y traer al pobre terrier de nuestra casera, a cuyos sufrimientos ella le pidió ayer a usted que pusiera fin?

Bajé y subí al pobre animal en mis brazos. Su respiración era trabajosa y tenía un extraño brillo en los ojos que indicaba que no le quedaba mucha vida. De hecho tenía el morro completamente blanco, señal de que había sobrepasado con mucho la longevidad habitual en la especie canina. Lo puse sobre un cojín encima de la alfombra.

—Partiré esta píldora por la mitad —dijo Holmes y, sacando su navaja, se puso manos a la obra—. Una mitad la dejamos en la caja para utilizarla más tarde y la otra la ponemos en esta copa de vino que contiene una cucharada de agua. Efectivamente, se disuelve, como ha dicho nuestro amigo el doctor.

—Esto es seguramente muy interesante —dijo Lestrade en tono herido, como si pensase que Holmes se estaba burlando de él—; la lástima es que no soy capaz de ver qué relación tiene con la muerte del señor Joseph Stangerson.

—Paciencia, amigo mío, paciencia. Verá que está perfectamente relacionado con ella. Añadamos un poco de leche al mejunje para que sea más apetecible y, al dárselo al perro, lo tome rápidamente.

Mientras hablaba, echó el contenido de la copa de vino en una bandeja y se lo puso delante al terrier, que lamió a toda velocidad el contenido hasta finalizarlo.

La actitud segura de sí mismo de Holmes nos había convencido de tal manera que permanecíamos todos sentados en silencio, mirando fijamente al animal, esperando algún acontecimiento asombroso. Pero nada sucedió. El perro siguió tumbado sobre el cojín y respirando con dificultad, de manera que no parecía que lo que había bebido hubiese tenido la menor influencia en su estado, ni para bien ni para mal.

Holmes tenía su reloj en la mano y, a medida que transcurrían los minutos, podía verse en su rostro una expresión de completo disgusto y desilusión. Se mordía los labios y tamborileaba con los dedos sobre la mesa, dando muestras de una intensa impaciencia. Se le veía tan ansioso que empecé a sentir auténtica pena por él; en cambio, los dos detectives sonreían burlones, en absoluto disgustados por el batacazo que Holmes se estaba dando.

—No puede tratarse de una mera coincidencia —exclamó al fin, saltando de su silla y caminando ferozmente arriba y abajo por la habitación—; no puede tratarse de una coincidencia. En el caso de Stangerson aparecen las píldoras que sospeché que se habían utilizado para acabar con Drebber. Y resultan ser inocuas. ¿Qué puede significar esto? Es imposible que toda mi cadena de deducciones sea incorrecta. ¡Es imposible! Y sin embargo, este maldito perro sigue igual. ¡Ah! ¡Lo tengo! ¡Lo tengo! —y con un grito de alegría corrió hacia la caja, partió en dos la otra píldora, la disolvió, añadió leche y presentó la mezcla al terrier. El pobre animal empezó a beber aquello, y no había casi mojado su lengua en el líquido cuando todos sus miembros dieron una sacudida convulsiva y se quedó inmóvil y muerto como si acabase de caerle un rayo encima.

Sherlock Holmes dejó escapar un largo suspiro y se secó el sudor de la frente.

—Debería tener más fe —dijo—, a estas alturas debería saber ya que cuando un hecho parece no concordar con toda una cadena de deducciones, necesariamente significa que proporciona una nueva interpretación. De las dos píldoras de la caja una era completamente inocua mientras que la otra era terriblemente venenosa. Debería haberlo sabido desde el mismo instante en que vi la caja.

Esta última afirmación me pareció tan sorprendente que empecé a temer que no estuviera en sus cabales. Pero teníamos delante de nosotros el cadáver del perro que demostraba que todas sus teorías eran correctas. Me parecía incluso que la niebla que oscurecía las ideas en mi cerebro comenzaba a levantarse y empezaba a percibir, vagamente, la verdad.

—Puede que todo esto les resulte raro —siguió hablando Holmes—, porque al principio de la investigación no se dieron cuenta de la importancia que tenía la única pista fundamental que tenían delante. Y yo tuve la suerte de no pasarla por alto. Y todo lo que ha sucedido a partir de ahí solo ha servido para confirmar mis primeras intuiciones. Además de la secuencia lógica de los acontecimientos. Así pues, las cosas que más les han sorprendido y les ha parecido que complicaban el caso han sido las que me han sido útiles a mí y me han permitido reafirmarme en mis ideas. Es un error confundir lo poco usual con lo misterioso. El crimen más común es el más misterioso, porque no tiene ningún rasgo distintivo que permita resolverlo. Hubiese sido mucho más difícil resolver este caso si se hubiese encontrado el cuerpo de la víctima tirado en un camino y sin ninguna de estas características *outré* y sensacionales que le han conferido la categoría de único. Estos detalles poco convencionales no han complicado el caso; al contrario, lo han simplificado. El señor Gregson, que hasta ese momento había estado escuchando con considerable impaciencia, no pudo contenerse ya más.

—Mire, señor Holmes —dijo—, todos estamos dispuestos a reconocer que es usted un tipo listo y que tiene sus propios métodos de trabajo. Pero ahora necesitamos algo más que teorías y sermones. Se trata de pescar a ese tipo. Creía que había resuelto el caso y todo demuestra que me equivoqué. Charpentier, ese joven, no ha podido estar involucrado en esta segunda muerte. Ha lanzado usted indirectas aquí y allá y parece que sabe mucho más que nosotros, y ha llegado ya el momento de que le preguntemos claramente qué sabe de todo este asunto. ¿Puede proporcionarnos el nombre del tipo que lo hizo?

—No puedo evitar estar completamente de acuerdo con Gregson, señor mío —dijo Lestrade—. Los dos lo hemos intentado y ambos hemos fallado. Desde que estoy en esta habitación usted ha afirmado en varias ocasiones que sabe quién lo ha hecho. Estoy seguro de que no nos lo ocultará durante más tiempo.

—Cualquier retraso en la detención del asesino —observé— podría darle tiempo de perpetrar una nueva atrocidad.

Presionado de esta manera por todos nosotros, Holmes dio muestras de indecisión. Siguió caminando arriba y abajo con la cabeza hundida en el pecho y las cejas fruncidas, como cuando estaba sumido en sus pensamientos.

—No habrá ningún otro asesinato —dijo finalmente, deteniéndose de golpe para mirarnos de frente—. No tengan ni la menor duda de ello. Me han preguntado si sé el nombre del asesino. Así es. Pero saber su nombre no es nada comparado con la posibilidad de atraparlo. Y espero hacerlo muy pronto. Estoy convencido de que lo conseguiré por mis propios medios. Pero hablamos de una operación muy delicada, pues estamos tratando con un hombre astuto y desesperado, que además, y como he tenido ocasión de comprobar, cuenta con la ayuda de alguien que es tan inteligente como él mismo. Mientras nuestro hombre no sospeche que está a punto de ser descubierto, tenemos alguna posibilidad. Pero si tuviese la menor sospecha, cambiaría de nombre y, en un instante, se desvanecería entre los cuatro millones de habitantes de esta gran ciudad. Sin pretender en absoluto herir sus sentimientos, creo que este hombre es una pieza excesivamente difícil de cobrar para la fuerza pública, y por ello no les he pedido ayuda. Si me equivoco, asumiré toda la responsabilidad y estoy preparado para ello. Ahora mismo lo que puedo prometerles es que en el mismo instante en que pueda desvelarles la identidad del asesino sin poner en peligro mis propios planes, lo haré.

Gregson y Lestrade no parecían en absoluto satisfechos con lo que Holmes acababa de prometer. Y bastante menos por su comentario respecto al cuerpo de policía. El primero había enrojecido hasta la raíz de su rubio cabello mientras que los ojillos del segundo brillaban llenos de curiosidad y resentimiento. Pero ninguno de ellos tuvo opción de decir nada, pues se oyó una llamada en la puerta y el cabecilla de los golfillos, Wiggins, introdujo su repugnante e insignificante persona en la habitación.

—Disculpe, señor —dijo haciendo una reverencia—, tengo el coche abajo.

—Buen chico —dijo Holmes con dulzura—. ¿Por qué no introducen este modelo en Scotland Yard? —siguió diciendo mientras sacaba un par de esposas de un cajón—. Miren qué bien funciona el muelle. Se cierran en un instante.

—El viejo modelo funciona perfectamente —puntualizó Lestrade— cuando tenemos a quién ponérselas.

—Muy bien, muy bien —dijo Holmes sonriendo—. El cochero podrá ayudarme con mis baúles. Pídele que suba, Wiggins.

Me sorprendió que mi compañero hablase como si fuese a marcharse de viaje, pues a mí no me había dicho nada de ello. Había un pequeño baúl en la habitación y empezó a tirar de él para arrastrarlo. Estaba ocupado en esto cuando entró el cochero.

—Écheme una mano con este baúl, cochero —dijo arrodillándose sobre el baúl y sin girar la cabeza.

El hombre avanzó con aire orgulloso y algo sombrío y se puso manos a la obra. En ese momento se oyó un sonoro chasquido, un tintineo metálico, y Sherlock Holmes se puso de nuevo en pie.

—Caballeros —dijo con ojos exultantes—, permítanme que les presente al señor Jefferson Hope, el asesino de Enoch Drebber y Joseph Stangerson.

Todo sucedió en un instante, tan rápido que no me dio tiempo a darme cuenta de ello. Recuerdo, perfectamente, la expresión de Holmes, triunfante, y el timbre de su voz, la cara aturdida y feroz del cochero al ver las relucientes esposas que habían aparecido por arte de magia en sus muñecas. Durante un par de segundos cualquiera hubiese pensado que éramos un grupo de estatuas. Entonces, con un bramido inarticulado de furia, el prisionero se libró del agarre de Holmes y se lanzó contra la ventana. Marco y cristal cedieron. Pero antes de que terminase de atravesarlo, Gregson, Lestrade y Holmes se lanzaron sobre él como perros de presa. Le arrastraron de nuevo al interior de la habitación y entonces comenzó una durísima pelea. El prisionero era tan fuerte y feroz que una y otra vez nos rechazaba a los cuatro. Parecía tener la fuerza de un hombre en pleno ataque epiléptico. Su cara y sus manos habían sufrido unas heridas horribles al pasar a través del cristal, pero la pérdida de sangre no afectaba en absoluto a su resistencia. Y hasta que Lestrade no consiguió introducir la mano en el cuello de sus ropas y medio estrangularlo, no conseguimos convencerle de que toda resistencia era inútil. A pesar de eso, no estuvimos tranquilos hasta que le atamos de pies y manos. Cuando terminamos, nos pusimos en pie, sin aliento y jadeando.

—Tenemos su carruaje —dijo Sherlock Holmes—. Podemos utilizarlo para llevarle hasta Scotland Yard. Y ahora, caballeros, el misterio ha concluido. Pueden hacerme todas las preguntas que deseen. Y no teman, que responderé a todo.

SEGUNDA PARTE

La Tierra de los Santos

1

El gran desierto salado

En la parte central del continente norteamericano existe un desierto árido y repulsivo que ha servido, durante
muchos años, de muro de contención frente a la civili-
zación. Desde Sierra Nevada hasta Nebraska, y desde
el río Yellowstone en el norte hasta Colorado en el sur,
es una región silenciosa y completamente desolada. Ni
siquiera la naturaleza es capaz de ofrecer un único aspecto en toda esta deprimente área. En él pueden encontrarse montañas de gran altura y cumbres nevadas,
y valles sombríos y tenebrosos. Hay ríos de rápidas
aguas que atraviesan cortados cañones. Y hay enormes
llanuras que se cubren de nieve durante el invierno y
que en verano el polvo alcalino y salado transforma en
superficies de color gris. Todos estos distintos paisajes
tienen en común, sin embargo, su pobreza, su esterili-
dad y su inhospitalidad.

No hay nadie que habite esta tierra maldita. Es posible que una tribu de indios *pawnees* o pies negros la

atraviese de cuando en cuando para llegar a sus territorios de caza, pero hasta los más aguerridos de entre los valientes se alegran de perder de vista estas temibles llanuras y regresar a sus praderas. Por entre la maleza pueden encontrarse calaveras de coyotes y se escucha el pesado batir de las alas de las águilas ratoneras. Los osos pardos se mueven pesadamente por los barrancos intentando procurarse su sustento como pueden por entre las rocas. Ellos son los únicos habitantes de esta tierra inhóspita.

Es imposible que haya en el mundo otra vista más desoladora que la que puede observarse desde la ladera norte de Sierra Blanco. A todo lo lejos que la vista alcanza, lo único que puede verse es la inmensa llanura, salpicada de manchas alcalinas y matas de chaparrales enanos. A lo lejos, en el horizonte, puede verse una larga cadena montañosa con sus agrestes cumbres cubiertas de nieve. En esa vasta extensión del país no hay signos de vida, ni nada que la recuerde. Ni un solo pájaro cruza por el cielo azul acero, ni nada se mueve por la monótona y gris superficie. Y sobre todo, el silencio es absoluto. Por mucha atención que uno preste, no hay ni el menor rastro de ningún sonido en ese desesperante desierto; solo un completo y acongojante silencio.

Dicen que no hay nada que recuerde la vida sobre la vasta llanura, lo que no es completamente cierto. Mirando la llanura desde lo alto de Sierra Blanco se ve un camino trazado a lo largo del desierto que lo recorre en toda su longitud y se pierde en la distancia. Tiene sobre él las huellas de las ruedas de los carros y los pies de muchos aventureros. Aquí y allí se ven objetos que brillan bajo el sol y se distinguen contra los sedimentos alcalinos. ¡Acérquese el lector y examínelos! Son huesos: algunos rudos y de gran tamaño, y otros más pequeños y delicados. Los primeros pertenecieron a ganado y los segundos a hombres. Estos restos esparcidos a lo largo de quinientas millas, pertenecientes a los que se quedaron por el camino, permiten seguir el recorrido de esta fantasmal ruta de caravanas.

Y en este mismo escenario, el cuatro de mayo de mil ochocientos cuarenta y siete, podía verse a un viajero solitario. Por su aspecto podría pensarse que se trataba del mismísimo genio o demonio del lugar. Para cualquier observador sería difícil decidir si estaba próximo a los cuarenta o a los sesenta años. Su cara era extremadamente delgada y ojerosa y tenía la oscura piel apergaminada tirante y pegada a los huesos. Su larga melena de color marrón tenía mechones blancos, al igual que la larga barba. Tenía los ojos hundidos en las cuencas y le ardían con un brillo poco natural. La mano que sostenía el rifle tenía poca más carne que un esqueleto. Se sostenía de pie apoyándose sobre su arma y, a pesar de ello, su alta figura y su gran estructura ósea sugería que se trataba de un hombre poderoso y de constitución fuerte. Eran su cara consumida y sus ropas, tan holgadas que le bailaban alrededor de los esqueléticos miembros, en cambio, lo que le daban ese aspecto senil y decrépito. Se moría, se moría de hambre y de sed.

Se había arrastrado con dificultad por el desierto hasta llegar a esta pequeña elevación del terreno con la vana esperanza de encontrar algún rastro de agua. Ante sus ojos se extendían la gran llanura salina y la lejana cordillera de montañas, pero ni un solo signo de árboles ni vegetación que indicase la presencia de humedad. No había ni una brizna de esperanza en esta tierra. Sus ojos inquisidores y desesperados miraron al norte, al este, al oeste. Y se dio cuenta de que había llegado al final de su camino y de que iba a morir entre esos estériles pedruscos. «¿Y qué más da aquí que sobre un colchón de plumas dentro de veinte años?», murmuró mientras se sentaba al abrigo de un gran peñasco.

Antes de sentarse había depositado sobre el suelo el inútil rifle y también un gran fardo de color gris que cargaba sobre su hombro derecho. Parecía más pesado de lo que sus fuerzas le permitían transportar, pues al descargarlo cayó con algo de violencia sobre el suelo. En ese instante se oyó un grito de protesta y de entre el hatillo salió una carita arañada de resplandecientes ojos marrones y dos puñitos apretados llenos de pecas.

—¡Me has hecho daño! —reprochó una voz infantil.

—Lo siento —respondió compungido el hombre—. No ha sido a propósito —mientras hablaba, deshacía el hatillo y sacaba de entre la tela a una bonita niña de unos cinco años de edad, cuyos delicados zapatos y primoroso vestido de color rosa delataban a una madre cariñosa. La niña estaba pálida y macilenta, pero sus brazos y piernas demostraban que había sufrido menos penurias que su compañero.

—¿Te sigue doliendo? —preguntó el hombre ansioso al ver que ella no dejaba de restregarse los rubios y ásperos tirabuzones que cubrían la nuca.

—Dale un besito para que se cure —dijo ella con total seriedad ofreciéndole la zona herida—. Eso es lo que mamá solía hacer. ¿Dónde está mamá?

—Tu mamá se fue. Creo que no tardarás en volver a verla.

—¿Se fue? Qué raro que no se despidiera de mí. Se

despedía de mí hasta cuando se iba a tomar el té a casa de la tía. Y ahora hace ya tres días que se marchó. Qué sed que hace, ¿verdad? ¿No tenemos agua ni nada que comer?

—No, cariño, ya no nos queda nada. Si tienes un poco de paciencia enseguida te sentirás mejor. Apoya tu cabeza en mí así y ya verás cómo recobras las fuerzas. No es fácil hablar cuando tienes los labios como si fuesen de cuero, pero creo que es mejor que sepas cómo están las cosas. ¿Qué tienes ahí?

—¡Cosas muy bonitas! —dijo la niña enseñándole entusiasmada dos pedazos relucientes de mica—. Cuando regresemos a casa se las daré a mi hermano Bob.

—Muy pronto verás cosas aún más bonitas —dijo el hombre con tono de confidencia—. Solo tienes que esperar un poquito. Estaba a punto de contártelo. ¿Recuerdas que dejamos atrás el río?

—Claro.

—Bueno, nosotros esperábamos encontrar otro río pronto, ¿sabes? Pero algo estaba mal: nuestros planos, las brújulas, lo que fuese. Y no conseguimos dar con él. Y nos quedamos sin agua. Solo teníamos una poquita para las personas como tú, y..., y...

—Y no podías lavarte —le contestó ella muy seria mirando su mugrienta cara.

—No, ni beber tampoco. Y el señor Bender fue el primero en marcharse, y después Pete el indio, y luego la señora McGregor y después Johnny Hones, y luego, cariño, tu mamá.

—¡Entonces mamá está muerta! —gritó la niñita dejando caer la cara sobre su delantal y sollozando amargamente.

—Sí, murieron todos menos tú y yo. Yo creía que

podríamos encontrar agua viniendo hacia aquí y por eso te cargué a mi espalda e hicimos el camino juntos. Pero no parece que las cosas hayan mejorado mucho. Ya no tenemos muchas posibilidades de salir de esta.

—¿Quieres decir que vamos a morir? —preguntó la niña dejando de sollozar y levantando hacia él su carita llena de lágrimas.

—Creo que sí.

—¿Y por qué no me lo has dicho antes? —dijo ella riendo feliz—. Me has asustado mucho. Pero claro, en cuanto nos muramos, nos reuniremos con mamá.

—Tú sí, preciosa.

—Y tú también. Le contaré lo bueno que has sido conmigo. Ya verás como está esperándonos a las puertas del Cielo con una gran jarra de agua y muchas tortitas de trigo, recién hechas y tostadas por los dos lados, como nos gustaban a Bob y a mí. ¿Cuánto tardaremos?

—No lo sé, pero no mucho. —El hombre miraba fijamente el horizonte hacia el norte. Bajo la azul bóveda celeste podían verse tres pequeñas manchas de color oscuro que no dejaban de aumentar de tamaño a toda velocidad, pues no dejaban de acercarse a ellos. Las figuras se definieron rápidamente y resultaron ser tres pájaros enormes que empezaron a volar en círculo sobre las cabezas de los dos viajeros y acabaron posándose sobre unas rocas por encima de ellos. Eran auras, los buitres del oeste. Los heraldos de la muerte.

—¡Gallos y gallinas! —dijo la niña alegremente, señalando con el dedo a los animales de mal agüero y dando palmas para obligarlos a levantar el vuelo—. Dime: ¿fue Dios quien hizo esta tierra?

—Claro que sí —respondió él bastante sorprendido por lo inesperado de la pregunta.

—Él hizo Illinois y fue Él quien hizo Missouri —siguió hablando la niña—. Pero creía que esta zona la había hecho alguien distinto. No parece que esté terminada. Se han olvidado del agua y de los árboles.

—¿Qué te parece si rezas un poco? —preguntó el hombre, algo inseguro.

—Todavía no es de noche —respondió ella.

—Da igual. No es muy habitual, pero seguro que a Él no le importa. Di una de las plegarias que solías decir por las noches en el carromato cuando estábamos por las llanuras.

—¿Y por qué no rezas tú una? —le preguntó la niña mirándole con ojos curiosos.

—He olvidado todas —respondió él—. No he rezado desde que era la mitad de alto que este fusil. Supongo que nunca es tarde. Di una oración y yo puedo estar a tu lado y repetir lo que digas.

—Entonces tendrás que arrodillarte. Y yo también —dijo la niña mientras disponía para ello sobre el suelo el chal en el que el hombre la había llevado—. Junta así tus manos. Te hará sentir bueno.

De haber habido alguien además de los buitres para ver la escena, se habría sorprendido con seguridad ante la imagen de los dos arrodillados sobre el estrecho chal, uno al lado del otro, la dicharachera niñita y el valiente y endurecido aventurero. La carita gordezuela de ella y el consumido y ojeroso rostro de él estaban levantados hacia un cielo sin rastro de nubes, en sincera súplica, cara a cara, a ese temido Ser, mientras que sus voces (una aguda y clara y la otra profunda y ronca) se unían para pedir perdón y clemencia. Terminaron su plegaria y se sentaron de nuevo a la sombra de la gran roca hasta que la niña se durmió acurrucada sobre el ancho pecho de su protector. Él vigiló su sueño todo lo que pudo. Llevaba sin dormir y sin descansar tres días y tres noches. Poco a poco se le cerraron los párpados sobre los cansados ojos y la cabeza se le hundió más y más sobre el pecho, hasta que su barba entrecana se mezcló con los rubios cabellos de su compañera y ambos cayeron en un profundo sueño sin sueños.

Si el aventurero hubiese sido capaz de permanecer despierto otra media hora, hubiese visto algo realmente extraño. En el extremo más alejado de la llanura alcalina comenzó a levantarse una pequeña polvareda, muy ligera al principio, pero que comenzó a aumentar de intensidad gradualmente y sin descanso, hasta que se convirtió en una nube densa y de contornos bien definidos. La nube de polvo continuó aumentando de tamaño hasta que resultó evidente que solo un gran número de criaturas en movimiento podrían levantar semejante polvareda. En una región más fértil, cualquier observador pensaría que una de esas manadas de bisontes de los que pastan en las praderas se aproximaba hacia él. Pero en aquel desierto estéril eso era completamente imposible. A medida que el remolino de polvo se acercaba al solitario barranco sobre el que descansaban los dos proscritos, empezaron a ser visibles entre el polvo carromatos de techos de tela y jinetes armados, y la aparición resultó ser una gran caravana abriéndose paso hacia el oeste. ¡Y menuda caravana! Cuando la cabeza llegó al pie de las montañas, la cola quedaba más allá del horizonte. Sobre la gran llanura se extendía la enorme comitiva en todas direcciones: carros y carromatos, hombres a pie y a caballo, innumerables mujeres que avanzaban dificultosamente acarreando un gran peso sobre sus espaldas y niños que andaban vacilantes tras los carros, o se asomaban al exterior a través de las blancas cubiertas de los mismos. No se trataba, evidentemente, de una partida convencional de inmigrantes, sino más bien de un grupo nómada que se había visto obligado por circunstancias adversas a procurarse un nuevo país. Sobre el puro aire se elevaba el estrépito y el retumbar que causaba un número tan enorme de personas, junto con el rechinar de las ruedas y los relinchos de los caballos. Y por ruidoso que fuere, no consiguió despertar a los dos cansados caminantes que dormían por encima de ellos.

Encabezaba la expedición una veintena de hombres de rostro pétreo que vestían trajes sencillos y austeros e iban armados con rifles. Se detuvieron al llegar al pie del barranco y celebraron un breve consejo entre ellos.

—Los pozos se encuentran a nuestra derecha, hermanos míos —dijo uno de ellos, un hombre de labios duros, cabellos grises y rostro perfectamente afeitado.

—Debemos ir hacia la derecha de Sierra Blanco para llegar hasta Río Grande —dijo otro.

—No os preocupéis por el agua —dijo un tercero—. Aquel que la hizo brotar de las rocas no abandonará a sus elegidos.

—Amén, amén —exclamó todo el grupo.

Estaban a punto de continuar su viaje cuando uno de los más jóvenes del grupo, con vista de lince, dejó escapar una exclamación y señaló hacia la irregular pared de piedra que tenían por encima. Sobre ella se veía ondear una manchita de color rosa que se recortaba claramente sobre las rocas. Al verla, hubo un refrenar general de caballos y todos los hombres echaron mano a sus fusiles. Un grupo se acercó cabalgando a fin de reforzar la vanguardia. De todas las bocas salía una única expresión: «Pieles rojas».

—Es imposible que haya *injuns*[1] por aquí —dijo el hombre más anciano y que parecía estar al mando—. Hemos dejado atrás a los pawnees y no encontraremos más tribus indias hasta que lleguemos a la parte posterior de las montañas.

—¿Quieres que me adelante y compruebe de qué se trata, hermano Stangerson? —preguntó uno de los hombres.

—Yo también iré, yo también iré —gritaron una docena de voces.

—Dejad vuestros caballos; os esperaremos aquí —respondió el anciano. En un segundo los jóvenes habían desmontado, atado sus caballos y habían empezado a ascender por la escarpada ladera que conducía hacia el objeto que había despertado su curiosidad. Trepaban a gran velocidad y sigilosamente, con la seguridad y destreza de exploradores expertos. Quienes los observaban desde la llanura que habían dejado atrás podían verlos saltar de roca en roca hasta que sus figuras se recortaron contra el cielo. El joven que había dado la voz de alarma era quien encabezaba la expedición. De repente, los que le seguían vieron cómo levantaba las manos como si no pudiera creerse lo que veía. Al alcanzarle y ver lo que miraba se quedaron tan sorprendidos como él.

Sobre la pequeña explanada que coronaba la desnuda colina había una única roca de gran tamaño. Apo-

1. Denominación, generalmente peyorativa, referente a los nativos americanos. (*N. de la E.*)

yado sobre esta roca había un hombre sentado, alto, con larga barba y de rasgos muy pronunciados debido a su excesiva delgadez. La relajación de su rostro y el ritmo de su respiración indicaban que estaba profundamente dormido. A su lado estaba una niña pequeña, que con sus regordetes y blancos brazos rodeaba el oscuro y nervudo cuello del hombre y apoyaba la cabeza de dorados cabellos sobre la pechera de terciopelo. La niña tenía los labios de color de rosa entreabiertos y dejaba ver unos dientecitos blancos como la nieve, perfectamente regulares, y una sonrisa iluminaba su rostro infantil. Había un gran contraste entre las piernecitas blancas y gordezuelas de la niña, vestidas con calcetines y unos zapatos de hebillas relucientes, y los largos y escuálidos miembros de su compañero. Sobre un saliente de la roca sobre la que se apoyaba esta extraña pareja había tres solemnes auras que, ante la vista de los recién llegados, graznaron desconsolados y se alejaron batiendo hoscamente sus alas.

Los graznidos de los enfurecidos pájaros despertaron a los dos durmientes, que se les quedaron mirando incrédulos. El hombre se puso en pie como pudo y miró la llanura que había estado completamente vacía cuando se durmió y ahora rebosaba con este enorme ejército de hombres y bestias. Tenía la incredulidad pintada en el rostro y se pasó una huesuda mano por delante de los ojos. «Esto debe de ser lo que llaman delirio», murmuró. La niña permanecía de pie aferrada a los faldones de su guardapolvos sin decir nada, pero mirando a su alrededor con la curiosidad de la infancia.

El equipo de rescate consiguió convencer rápidamente a los dos vagabundos de que no se trataba de una ilusión de sus sentidos. Uno cogió a la niña y la montó á caballito sobre sus hombros mientras que entre otros dos sujetaban por los hombros a su demacrado compañero para ayudarle a llegar hasta los carromatos.

—Me llamo John Ferrier —explicó el aventurero—; esa pequeña y yo somos los únicos supervivientes de un grupo de veintiuna personas. Todos los demás murieron de hambre y de sed allá en el sur.

—¿Es tuya esa niña? —preguntó alguien.

—Creo que ahora sí lo es —dijo el otro desafiante—; ya que la he salvado, es mía. De hoy en adelante será Lucy Ferrier. ¿Quiénes sois vosotros? —preguntó mirando con curiosidad a sus fornidos rescatadores de rostros quemados por el sol—. Parecéis un grupo muy grande.

—Somos casi diez mil —dijo uno de los jóvenes—; somos el pueblo perseguido de Dios, los que el ángel Moroni escogió.

—Jamás oí hablar de él. Desde luego que eligió a un montón de vosotros —dijo el aventurero.

—No te burles de lo que es sagrado —le reprendió duramente el otro—. Somos los que creemos en las sagradas palabras escritas con letras egipcias en el libro de páginas de oro que fue mostrado a Joseph Smith en Palmyra. Venimos desde Nauvoo, Illinois, lugar en el que fundamos nuestro templo, buscando refugio frente a los violentos y los impíos, aunque haya de ser en el corazón del desierto.

El nombre de Nauvoo tenía evidentemente algún significado para John Ferrier, pues dijo:

—Ya veo, sois mormones.

—Somos mormones —le respondieron sus compañeros al unísono.

—¿Adónde vais?

—No lo sabemos. Dios nos guía a través de nuestro Profeta. Debes presentarte ante Él. Él decidirá qué hay que hacer contigo.

Para entonces habían llegado ya a la base de la colina y el resto de los peregrinos los rodeaban: mujeres de cutis blanco y expresión dócil, niños fuertes y risueños, y hombres inquietos de mirada escrutadora. Al ver la corta edad de uno de los rescatados y el mísero estado del otro, empezaron a oírse muchas exclamaciones de asombro y conmiseración. Sin embargo, su escolta no se detuvo, sino que se abrió paso a través de la gran muchedumbre de mormones hasta que llegaron a un carromato que resultaba sospechoso debido a su gran tamaño y a su llamativo y cuidado aspecto. Llevaba aparejados seis caballos mientras que de los demás solo tiraban dos o, como mucho, cuatro caballos. Detrás del conductor estaba sentado un hombre que no sobrepasaba la treintena, pero al que su enorme cabeza y su decidida expresión delataban como líder de la expedición. Leía un grueso libro de tapas marrones, pero al acercarse la multitud, lo dejó a un lado y escuchó atento el relato de lo sucedido. Cuando este finalizó, se giró hacia los vagabundos.

—Si os unís a nosotros —dijo solemnemente—, seréis fieles observantes de nuestro credo. No admitiremos lobos dentro de nuestro rebaño. Más os valdría que vuestros huesos se blanqueasen bajo el sol de este desierto que convertiros en la manzana podrida que pudre todo el cesto. ¿Os unís a nosotros bajo esta condición?

—Creo que nos uniríamos a vosotros bajo cualquier condición —respondió John Ferrier con tal determinación que los serios ancianos no pudieron por menos que sonreír. Solo su líder mantuvo la expresión seria e impasible.

—Llévale contigo, hermano Stangerson —dijo—, dale comida y agua. Y a la niña también. Será también tu tarea enseñarle nuestra sagrada fe. Ya nos hemos retrasado bastante. ¡Adelante! ¡Adelante hacia Sión!

—¡Adelante, adelante hacia Sión! —gritó la multitud de mormones. Y las palabras se repitieron de boca en boca por toda la caravana hasta que el murmullo se perdió en la distancia. Y con un restallar de látigos y crujir de ruedas, la enorme caravana se puso en marcha de nuevo. El anciano a cuyo cuidado habían sido puestos los dos desheredados los llevó hasta su propia carreta, donde les aguardaba ya preparada la comida.

—Te quedarás aquí —dijo—, dentro de unos días te habrás recuperado. Mientras tanto, recuerda que ahora eres uno de los nuestros. Brigham Young lo ha dicho y ha hablado con la voz de John Smith, que es la voz de Dios.

2

La flor de Utah

No es este lugar en donde consignar todas la penurias y tribulaciones que hubieron de sufrir los emigrantes mormones hasta que alcanzaron el ansiado paraíso. Con una constancia pocas veces vista antes, se abrieron paso desde las orillas del Mississippi hasta las laderas orientales de las Montañas Rocosas. Les atacaron las fieras salvajes, los indios, el hambre, la sed, la enfermedad... Hubieron de enfrentarse a todos los impedimentos que la naturaleza fue capaz de ponerles delante. Y, con tenacidad anglosajona, vencieron todos los obstáculos. A pesar de todo, las penurias y horrores del largo viaje habían sacudido el corazón de los más fuertes de ellos. Ni uno solo dejó de arrodillarse y pronunciar una plegaria de agradecimiento cuando vieron el gran valle de Utah dorado por la luz del sol extenderse a sus pies. Su jefe les dijo que esa era su tierra prometida y que esos acres de tierra virgen serían suyos por siempre jamás.

Young resultó ser un administrador competente y un jefe de ideas claras. Se prepararon mapas y planos en los que aparecía diseñada la ciudad del futuro. Las granjas que la rodeaban se distribuyeron en tamaño proporcional a la categoría de cada individuo. Los comerciantes levantaron sus negocios y los artesanos desarrollaron sus oficios. Las calles y plazas aparecían como por arte de magia. En el campo se construyeron canalizaciones de agua, se pusieron cercados, se limpió la maleza y se plantaron los cultivos. Al verano siguiente todas las tierras de cultivo aparecían doradas por las espigas de trigo. Todo prosperaba en este extraño asentamiento. Y sobre todas las cosas, el gran templo que se había construido en el centro de la ciudad no dejaba de crecer. Cada vez era más alto y más amplio. Desde las primeras luces del alba hasta el ocaso no dejaba de oírse el remachar del martillo y el serrar de las sierras sobre el monumento que los inmigrantes habían levantado para honrarlo a Él, que los había guiado a través de tantos peligros.

Los dos desheredados, John Ferrier y la niñita que compartió su destino y él adoptó como hija suya, acompañaron a los mormones a lo largo de todo su peregrinaje. La pequeña Lucy Ferrier fue cómodamente a bordo de la carreta del anciano Stangerson, un refugio que compartió con las tres esposas del mormón y su hijo, un testarudo y atrevido niño de doce años de edad. Con la rapidez de la infancia, Lucy se repuso de la pena que supuso la pérdida de su madre, se convirtió en la muñeca de las mujeres y se adaptó a la vida en su nuevo hogar móvil de techo de tela. Mientras tanto, Ferrier, repuesto de sus penalidades, se convirtió en un guía útil y en un cazador infatigable. Se ganó la estima de sus nuevos compañeros rápidamente y, cuando llegaron a su destino, todos acordaron que la porción de tierra que recibiría debía ser tan fértil y extensa como la de cualquier otro, con excepción de las del propio Young y las de Stangerson, Kemball, Johnston y Drebber, que eran los cuatro ancianos más importantes.

En la granja que recibió, Ferrier construyó una casa de troncos de madera de buen tamaño que a lo largo de los años sufrió tantas ampliaciones que acabó convertida en una amplia villa. Era un hombre de ideas claras, honesto en sus negocios y de manos hábiles. Su constitución de hierro le permitía trabajar día y noche para mejorar y cultivar sus tierras. Y así sucedió que su granja y todo lo que le pertenecía prosperó rápidamente. Tres años después de su llegada tenía más fortuna que sus vecinos, a los seis era adinerado, a los nueve era rico y a los doce años de su llegada no había ni media docena de hombres en Salt Lake City con una fortuna que pudiera compararse con la suya. Desde el Gran Lago Salado hasta las montañas Wasatch no había un hombre más conocido que John Ferrier.

Pero había un punto que levantaba las suspicacias de sus correligionarios. No hubo forma de persuadirle para que formara una familia de mujeres al estilo de las de sus compañeros mormones. Jamás dio razón alguna de su negativa y se limitó a permanecer inflexible en su decisión. Algunos le acusaron de ser un seguidor poco convencido de su religión y otros lo atribuían a que era demasiado tacaño y no deseaba incurrir en muchos gastos. Y no faltaron quienes hablaron de un asunto amoroso de su juventud que tuvo de protagonista a una muchacha de rubios cabellos que lloraba su ausencia en las costas del Atlántico. Fuese cual fuese la razón,

Ferrier permaneció estrictamente célibe. En todo lo demás aceptó los preceptos del nuevo asentamiento y adquirió fama de ser un recto y estricto observante.

Lucy Ferrier creció dentro de la casa de troncos y ayudó a su padre en todas sus labores. El aire puro de las montañas y el aroma balsámico de los pinos ocuparon el lugar de una madre. A medida que pasaban los años creció y se hizo más fuerte; sus mejillas se volvieron más rosadas, y su andar, más elástico. Muchos viajeros que pasaban por el camino que pasaba cerca de la granja de Ferrier volvían a recordar sentimientos olvidados mucho tiempo atrás al ver a la ágil muchacha brincando por entre los campos de trigo o cabalgando el mustang de su padre y gobernándolo con la destreza de un auténtico hijo del Oeste. De esta manera el capullo floreció y se convirtió en una flor, y en el mismo año en que su padre se convertía en uno de los granjeros más ricos, ella se convirtió en una de las jovencitas más bellas de la vertiente del Pacífico.

No fue su padre el primero en descubrir que su hija se había convertido en una mujer. Rara vez sucede así. El cambio es misterioso y tan gradual que no es posible medirlo día a día. Y tampoco la doncella se da cuenta del cambio hasta que una voz o el roce de una mano deja su corazón en tal estado de agitación que se da cuenta, con una mezcla de ilusión y temor, de que una nueva naturaleza más poderosa acaba de nacer dentro de ella. Muy pocas son las que no recuerdan el día y el acontecimiento que significó el nacimiento de una nueva vida. En el caso de Lucy Ferrier, el incidente en cuestión fue bastante serio por sí mismo, aparte de por la influencia que tuvo tanto en su propio destino como en el de muchos otros.

Era una cálida mañana de junio y los Santos del Último Día estaban atareados como las abejas de cuyas colmenas han hecho su emblema. En el campo y en la ciudad, un enjambre se afanaba. A través de las largas y polvorientas calles desfilaban recuas de mulas pesadamente cargadas que se dirigían al Oeste. La fiebre del oro acababa de desatarse en California y la ruta terrestre pasaba por la ciudad de los Elegidos. Había además rebaños de ovejas y de bueyes que procedían de los pastos más alejados, y largos grupos de cansados inmigrantes, caballos y hombres extenuados por el largo viaje. Y a través de esta multitud, cabalgando con destreza, se abría paso al galope Lucy Ferrier, con las mejillas coloreadas por el ejercicio físico y con la melena de color castaño flotando al viento. Tenía que realizar un encargo de su padre en la ciudad y, con la misma temeridad que otras veces, se acercaba a toda velocidad, pensando únicamente en cómo realizar la misión que su padre le había encomendado. Los aventureros, sucios por el viaje, la miraban asombrados y los normalmente poco emotivos indios, vestidos con sus pieles, perdían su usual estoicismo para maravillarse de la belleza de la rostro pálido.

Acababa de llegar a las afueras de la ciudad cuando se encontró con que un gran rebaño de ganado bloqueaba el camino. Media docena de vaqueros de aspecto fiero procedentes de las llanuras lo conducían. Impaciente por rebasar el obstáculo, introdujo su caballo por lo que parecía ser un hueco entre el ganado. Pero tan pronto como lo hizo, los animales cerraron el hueco que había detrás de ella y se encontró en medio de la corriente de los bueyes de largos cuernos y feroz mirada. Estaba acostumbrada a trabajar con ganado, por lo que su situación no la intimidó e intentó hacer avanzar a su caballo, con la esperanza de abrirse paso entre los bueyes. Pero, por desgracia, un cuerno de uno de los animales, tal vez por accidente o tal vez a propósito, entró en contacto violentamente con uno de los flancos del Mustang, que se volvió loco. Se encabritó al instante sobre las patas traseras, furioso, y comenzó a dar violentos bandazos de forma que hubiese descabalgado a un jinete de menor pericia. La situación era muy peligrosa. Cada sacudida del caballo lo hacía chocar contra la cornamenta de algún animal y lo enfurecía aún más. Lo único que la chica podía hacer era mantenerse sobre la silla de montar, pues de caer al suelo moriría aplastada bajo las pezuñas de los animales, aterrorizados y difíciles de manejar. Al no estar acostumbrada a emergencias de este tipo, la cabeza empezó a darle vueltas y comenzó a perder el agarre sobre la silla. La polvareda y el hedor de las bestias la hacían respirar con dificultad; estaba a punto de rendirse cuando oyó muy cerca una voz amable que la tranquilizaba. Al mismo tiempo una mano fuerte de piel oscura cogía al caballo por el freno y lo obligaba a salir de la corriente de animales. Pronto se encontraron fuera de la manada.

—Espero que no esté usted herida, señorita —dijo respetuosamente su salvador.

Ella miró su rostro oscuro y se rio pícaramente.

—Estoy terriblemente asustada —dijo con inocencia—. ¡Quién se iba a imaginar que Poncho iba a asustarse de semejante manera por culpa de un grupo de vacas!

—¡Gracias a Dios que se ha mantenido sobre la silla! —dijo el otro de corazón. Era un hombre joven, alto, de aspecto feroz y que montaba un fuerte caballo ruano y vestía como un cazador, con un rifle de gran longitud colgando de sus hombros—. Supongo que es usted la hija de John Ferrier —comentó—. La he visto salir cabalgando desde su casa. Cuando le vea pregúntele si se acuerda de los Hope de St. Louis. Si se trata del mismo Ferrier, él y mi padre eran íntimos amigos.

—¿No sería mejor que viniese usted a vernos y se lo preguntase en persona? —preguntó ella con pudor.

El joven pareció encantado ante la sugerencia y sus ojos resplandecieron de alegría.

—Así lo haré —dijo—; llevamos dos meses en las montañas y no tenemos muchas oportunidades para ir de visita. Su padre tendrá que conformarse con lo que queda de mí.

—Tiene mucho que agradecerle a usted. Y yo también —respondió ella—. Mi padre me quiere mucho. Si esas vacas me hubiesen aplastado, no habría podido superarlo.

—Yo tampoco —dijo su compañero.

—¡Usted! La verdad es que no veo qué podría importarle a usted. Ni siquiera es amigo nuestro.

El bronceado rostro del joven cazador se tornó tan serio tras este comentario que Lucy Ferrier empezó a reírse a carcajadas.

—Caramba, no quise decir eso —dijo ella—; naturalmente que es usted un amigo ahora. Venga a visitarnos. Debo marcharme o mi padre no me encomendará ningún otro encargo nunca.

—Adiós —respondió él, levantando el sombrero de ala ancha e inclinándose sobre la pequeña mano de Lucy. Ella recondujo su caballo, lo golpeó con la fusta y salió disparada a lo largo de la gran calle envuelta en una nube de polvo.

El joven Jefferson Hope se reunió con sus compañeros serio y taciturno. Había estado buscando con ellos plata por las montañas de Nevada y regresaban a Salt Lake City con el objetivo de reunir dinero suficiente para explotar algunos filones que habían descubierto. Había estado tan interesado en este negocio como cualquier otro, hasta que este repentino incidente le había hecho replantearse sus intereses. La imagen de la hermosa muchacha, tan franca y saludable como la brisa de la sierra, había sacudido poderosamente su fogoso, indomable corazón. Cuando ella había desaparecido ya de su vista, se dio cuenta de que acababa de vivir un momento crucial de su vida y que ni las minas de plata ni ninguna otra cosa llegarían nunca a ser tan importantes para él como esta nueva obsesión. El amor que acababa de apoderarse de él no era el capricho voluble de un niño, sino la pasión salvaje y poderosa de un hombre de fuerte voluntad y temperamento imperioso. Estaba habituado a triunfar en todo lo que emprendía y se juró a sí mismo que no sería derrotado tampoco esta vez, si el triunfo dependía de su esfuerzo y perseverancia.

Esa misma noche visitó a John Ferrier y siguió haciéndolo en muchas más ocasiones hasta que resultó ser una presencia habitual en la casa. John había estado aislado en el valle trabajando sin descanso y no sabía nada de lo que había pasado en el mundo exterior en los últimos doce años. Y Jefferson Hope podía ponerle al día y hacerlo de manera que sus relatos interesasen tanto al padre como a la hija. Había sido uno de los pioneros en California y conocía muchas historias extrañas relativas a las grandes fortunas que en aquellos días, idílicos y sin reglas, se amasaban y se perdían.

Había sido explorador, trampero, buscador de minas de plata y ranchero. Donde fuera que existiera alguna posibilidad de vivir una aventura excitante, allí había ido Jefferson Hope. Muy pronto se convirtió en el favorito del viejo granjero, quien hablaba elocuentemente de sus virtudes. En esas ocasiones Lucy permanecía callada, pero el sonrojo de sus mejillas y el brillo feliz de su mirada demostraban que su joven corazón ya no le pertenecía. Es posible que su honesto padre no fuese consciente de ello, pero sus sentimientos eran perfectamente correspondidos por el hombre que los inspiraba.

Una tarde de verano el joven llegó galopando por el camino y se detuvo al llegar a la cancela del cercado. Ella estaba en el umbral de la puerta y salió a recibirle. Él ató las riendas del caballo a la cerca y caminó hacia la casa.

—Me voy, Lucy —dijo tomando las manos de ella entre las suyas y mirando tiernamente su rostro—. No voy a pedirte que vengas conmigo ahora, pero ¿vendrás conmigo cuando yo regrese?

—¿Y cuándo será eso? —preguntó ella sonrojándose y riendo.

—Dentro de un par de meses como máximo. Pediré tu mano en cuanto regrese, mi amor. Nadie podrá separarnos.

—¿Y papá? —preguntó ella.

—Ha dado su consentimiento, siempre y cuando saquemos buen rendimiento de esas minas. Él no será un problema.

—Bueno, si tú y papá ya lo habéis hablado, ya no hay nada más que discutir —susurró ella apoyando su mejilla contra el ancho pecho de él.

—¡Gracias a Dios! —dijo él ronco por la emoción, inclinándose para besarla—. Entonces todo está decidido. Cuanto más tiempo me quede, más trabajo me costará marcharme. Me están esperando en el cañón. Adiós, amor mío, adiós. Dentro de dos meses me verás otra vez.

Hizo el esfuerzo de separarse de ella mientras hablaba y subió a su caballo. Se alejó al galope a toda velocidad sin mirar atrás ni una sola vez, como si temiese no ser capaz de mantener su decisión si veía lo que dejaba tras de sí. Ella permaneció de pie en la cancela, viendo cómo desaparecía en la distancia. Entonces caminó hasta la casa, sintiéndose la chica más afortunada de todo Utah.

3

John Ferrier tiene una conversación
con el profeta

Habían pasado tres semanas desde que Jefferson Hope y sus amigos se habían marchado de Salt Lake City. A John Ferrier le dolía pensar en lo que sucedería cuando el joven regresase y perdiese a la hija que había adoptado. Pero al ver la radiante cara de felicidad de ella, aceptó los hechos de mucho mejor grado de lo que se hubiese conseguido con cualquier razonamiento. Siempre había tenido claro, en lo más profundo de su indómito corazón, que nada en este mundo podría hacerle consentir que su hija se casase con un mormón. Él no consideraba que este tipo de matrimonios fuese en absoluto un matrimonio, sino una vergüenza y una humillación. Pensara lo que pensase de las doctrinas mormonas, no admitía discusión sobre ese punto. Estaba obligado a no decir ni una palabra sobre el asunto, pues manifestar cualquier opinión que se apartase de la ortodoxia era algo muy peligroso en aquellos días en la Tierra de los Santos.

Algo muy peligroso, sí. Ni los más santos se atrevían a expresar, si no era con muchísimo cuidado, cualquier tipo de opinión al respecto, pues temían que cualquier cosa que saliese de su boca pudiera ser malinterpretada y les costase muy caro. Los que antaño habían sufrido la persecución se habían convertido ahora en perseguidores, y de los más temibles. Ni la Inquisición de Sevilla, ni la alemana Vehmgericht, ni las sociedades secretas italianas podían compararse a la formidable maquinaria que los mormones pusieron en funcionamiento y que consiguió ensombrecer todo el estado de Utah.

Su invisibilidad y el misterio que la rodeaba la hacía doblemente terrorífica. Parecía ser omnipotente y omnipresente y, sin embargo, era totalmente invisible: no se oía nada de ella. El hombre que manifestaba alguna opinión contraria a la doctrina de la Iglesia simplemente desaparecía. Y nadie sabía ni adónde había ido ni qué había sido de él. Su mujer y sus hijos le esperaban inútilmente en casa, pues ninguno de esos padres de familia pudo nunca regresar para contar qué le había sucedido mientras estuvo en manos de esos jueces secretos. Un comentario imprudente o una acción poco meditada podía causar la propia aniquilación. Y nadie sabía quiénes eran los que ejercían este terrible poder sobre todos ellos. No resulta sorprendente que los hombres estuviesen atemorizados y que ni en medio del campo diesen rienda suelta a sus dudas.

Al principio, este poder incierto y terrible fue ejercido solo sobre los recalcitrantes que, tras haber abrazado la fe mormona, pretendían más tarde desvirtuarla o abandonarla. Pero más tarde amplió sus objetivos. El número de mujeres adultas solteras no bastaba para mantener vivo el sistema de sociedad poligámica y comenzaron a circular vagos rumores acerca de asesinatos de inmigrantes y tiroteo de campamentos en zonas en las que jamás había habido indios. De repente comenzaron a aparecer nuevas mujeres en los harenes de los ancianos. Mujeres que no dejaban de llorar y que morían de pena y que llevaban pintadas en sus rostros las huellas de algún indescriptible horror. Quienes andaban por las montañas de noche hablaban de bandas de hombres armados y sigilosos que, sin hacer el menor ruido, pasaban cerca de ellos. Estos rumores adquirieron forma y fueron corroborados una y otra vez hasta que acabaron concretándose en nombres específicos. Todavía hoy en día la Banda Danite o los Ángeles Vengadores son nombres siniestros y de mal agüero entre los habitantes de los ranchos solitarios del Oeste.

Saber que tal organización existía realmente no sirvió para aplacar el terror de los hombres, sino, al contrario, para avivarlo aún más. Nadie sabía los nombres de los miembros de esta organización implacable. Los nombres de los participantes en estos actos violentos y sangrientos cometidos en nombre de la religión eran un secreto muy bien guardado. El mismo amigo a quien confiabas tus recelos acerca del Profeta podía ser quien te visitase de noche para obligarte a reparar tu ofensa a sangre y fuego. Todo hombre desconfiaba de su vecino y nadie hablaba de las cosas que le angustiaban.

Una hermosa mañana, cuando John Ferrier se disponía a salir a sus tierras, oyó el cerrojo de la cancela y, al mirar por la ventana, vio a un hombre fuerte, de mediana edad y cabello muy rubio que avanzaba por el sendero hacia su casa. El corazón se le puso en la boca, pues era nada más y nada menos que el mismo Brigham

Young en persona. Lleno de agitación, pues sabía que esta visita no significaba nada bueno, Ferrier se apresuró a ir a la puerta para recibir al gran líder mormón. Este recibió el saludo con frialdad y le siguió muy serio hasta el cuarto de estar.

—Hermano Ferrier —dijo sentándose y mirando fijamente al granjero por entre sus rubias pestañas—, los auténticos creyentes se han portado bien contigo. Te recogimos en el desierto cuando te morías de hambre y de sed, te alimentamos y cuando llegamos al Valle Elegido te dimos una porción justa de tierra y te hemos permitido hacerte rico bajo nuestra protección. ¿No ha sido así?

—Así ha sido —contestó Ferrier.

—Solo te pusimos una condición: que abrazases nuestra fe y siguieses todos sus preceptos. Prometiste hacerlo y, si lo que dice la gente es cierto, has descuidado tus obligaciones.

—¿Cómo es eso posible? —dijo John Ferrier, extendiendo sus manos en señal de protesta—. ¿Acaso no he dado dinero a la comunidad? ¿No he acudido al templo? ¿No...?

—¿Dónde están tus esposas? —dijo Young mirando a su alrededor—. Llámalas para que pueda saludarlas.

—Es cierto, no me he casado —respondió Ferrier—. Hay pocas mujeres y muchos otros eran más dignos que yo. No estaba solo: mi hija podía atender mis necesidades.

—De esa hija tuya es de lo que quiero hablarte —dijo el jefe mormón—. Se ha convertido en la flor de Utah y muchos hombres prominentes de esta tierra han puesto sus ojos en ella.

John Ferrier rugió para sí.

—Corren por ahí habladurías que preferiría que fuesen mentira; rumores según los cuales está prometida a un gentil. Supongo que se trata solo de rumores infundados. ¿Cuál es el decimotercer mandamiento en la ley del santo John Smith? «Las doncellas de la fe verdadera contraerán matrimonio con uno de los elegidos, pues si se casan con un gentil cometerán un horrible pecado.» Es imposible por tanto que tú, que profesas el credo sagrado, consientas que tu hija lo viole.

John Ferrier no contestó y siguió jugando nerviosamente con su fusta.

—El Sagrado Consejo de los Cuatro ha decidido poner a prueba tu fe sobre este punto. La chica es joven y no queremos ni que se case con un anciano, ni tampoco privarla de su poder de decisión. Los ancianos tenemos muchas novillas a nuestro cargo, pero nuestros hijos también deben tener acceso a ellas. Stangerson tiene un hijo. Y Drebber también. Cualquiera de los dos recibiría gustosamente a tu hija en su casa. Que ella elija entre ellos. Son jóvenes, ricos y profesan la auténtica fe. ¿Qué me contestas?

Ferrier permaneció callado durante un rato con el entrecejo fruncido.

—Danos algún tiempo —contestó finalmente—. Mi hija es muy joven. Casi no tiene edad de contraer matrimonio.

—Tiene un mes para decidirse —replicó Young levantándose de su asiento—. Cuando finalice ese periodo, tendrá que dar su respuesta.

Traspasaba el umbral de la puerta cuando se giró con el rostro encendido y los ojos llameantes y dijo:

—¡Habría sido mejor para ti, John Ferrier —bramó—, que tus huesos y los de ella estuviesen ahora blanqueándose al sol en Sierra Blanco que atreverte a desobedecer una orden de los Cuatro Santos!

Y con un gesto amenazante de su mano, giró de nuevo hacia la puerta y Ferrier oyó sus pesados pasos crujir por el empedrado del sendero.

Ferrier permanecía sentado con un codo apoyado sobre la rodilla, pensando en la manera de exponer el asunto a su hija, cuando una mano se posó suavemente sobre él y, al levantar la cabeza, la vio de pie a su lado. Al ver su rostro, pálido y asustado, se dio cuenta de que había oído lo sucedido.

—No pude evitarlo —dijo ella en respuesta a la mirada de él—. Su voz ha retumbado por toda la casa. Oh, padre, padre, ¿qué vamos a hacer!

—No te asustes —le respondió atrayéndola hacia sí y acariciándole los cabellos castaños con su grande y áspera mano—. De una manera u otra, saldremos de esta. Ese chico te gusta todavía, ¿verdad?

La única respuesta de ella fue un sollozo y un apretón a la mano de su padre.

—Claro que sí. No esperaba oírte decir otra cosa. Es un buen muchacho y es cristiano, mucho más que estos tipos de aquí, con todos sus rezos y sus sermones. Mañana sale una caravana hacia Nevada. Conseguiré hacerle llegar un mensaje contándole el lío en el que estamos metidos. O muy poco le conozco, o estará aquí a una velocidad tal que dejará en ridículo a la de los telegramas.

Lucy se rio a través de sus lágrimas al escuchar la descripción de su padre.

—Cuando llegue, él podrá aconsejarnos. Pero eres tú quien me preocupa, querido papá. Se oyen..., se oyen tantas historias horribles sobre los que se atreven a oponerse al Profeta: siempre les acaba sucediendo algo terrible.

—No nos hemos opuesto a él todavía —respondió su padre—, pero cuando lo hagamos, nos meteremos en muchos problemas. Tenemos todavía todo un mes por delante. Y cuando finalice, sospecho que lo mejor que podremos hacer es abandonar Utah.

—¡Marcharnos de Utah!

—Sí, así es.

—¿Y la granja?

—Nos llevaremos todo lo que podamos en metálico y nos olvidaremos de todo lo demás. Para serte sincero, Lucy, no es la primera vez que lo pienso. No me gusta tener que doblar el espinazo ante cualquier hombre como hacen estos tipos ante su maldito Profeta. Soy un americano libre y esto es nuevo para mí. Además, creo que ya soy algo mayor para aprender. Como vuelva a aparecer por aquí, tendrá que vérselas con un cubo volando hacia él.

—No dejarán que nos marchemos —dijo Lucy.

—Espera a que Jefferson Hope llegue y lo conseguiremos. Mientras tanto, no te preocupes y no llores, cariño mío. Si cuando regrese te ve con los ojos hinchados me hará pagar por ello. No tienes de qué preocuparte, no corremos ningún peligro.

John Ferrier la consoló de esta manera y utilizó un tono de voz muy convincente, pero ella se dio cuenta de que esa misma noche revisó con especial atención que todas las puertas estuviesen bien cerradas y limpió cuidadosamente y cargó el viejo y oxidado rifle que colgaba de una pared de su dormitorio.

4

La huida

La mañana que siguió a la conversación con el profeta mormón, John Ferrier fue a Salt Lake City, buscó a su conocido, quien estaba a punto de partir para las montañas de Nevada, y le confió el mensaje dirigido a Jefferson Hope. En este mensaje contaba al joven el peligro inminente en el que se encontraban y lo mucho que necesitaban que regresara. Una vez consiguió hacer esto, se sintió mucho más tranquilo y regresó contento a casa.

A medida que se acercaba a su casa vio sorprendido dos caballos atados a los postes de la cancela. Pero todavía le sorprendió más encontrar en su sala de estar a dos jóvenes que habían tomado posesión de ella. Uno de ellos, de cara alargada y pálida, estada repantigado en la mecedora y apoyaba los pies sobre la estufa. El otro, un joven de anchísimo cuello y rasgos toscos e hinchados, estaba de pie frente a la ventana, con las manos en los bolsillos, y silbaba un conocido himno.

Ambos saludaron a Ferrier con una inclinación de cabeza cuando entró. El que estaba en la mecedora inició la conversación.

—Es posible que usted no nos conozca —dijo—; ese es el hijo del anciano Drebber y yo soy Joseph Stangerson, y viajé contigo por el desierto cuando el Señor alargó Su mano para recogerte y llevarte con el pueblo elegido.

—Como hará con todas las naciones cuando llegue el momento —dijo el otro con voz nasal—. Su cedazo es muy fino y trabaja muy despacio.

John Ferrier saludó fríamente con la cabeza a su vez. Había adivinado quiénes eran sus visitantes.

—Hemos venido hasta aquí —continuó Drebber—, siguiendo el consejo de nuestros padres, para solicitar la mano de su hija para aquel de nosotros que tanto usted como ella consideren apropiado. Como yo tengo cuatro esposas y el hermano Drebber aquí presente tiene ya siete, me parece que yo tengo más derecho a ella.

—De eso nada, hermano Stangerson —protestó el otro—; no se trata de cuántas esposas tiene cada uno, sino de cuántas puede mantener. Mi padre acaba de cederme sus molinos y yo soy más rico que tú.

—Pero mis expectativas son más prósperas que las tuyas —dijo el otro, airado—. Cuando el Señor reclame a mi padre a su lado, heredaré su fábrica de curtido de pieles. Además, soy mayor que tú y tengo un mejor cargo en la Iglesia.

—Que sea la dama quien decida —continuó el joven Drebber sonriendo con desdén a su propio reflejo en el cristal de la ventana—. Dejemos que elija ella.

Durante esta conversación Ferrier había permanecido en pie en el umbral, furioso y haciendo un gran esfuerzo por no golpear a ambos con su fusta.

—Mirad —dijo finalmente acercándose a ellos—, podréis volver cuando mi hija os llame, pero hasta ese momento no quiero volver a veros por aquí.

Los dos jóvenes mormones le miraron sin dar crédito a lo que oían. A sus ojos, disputarse la mano de la doncella era el mayor elogio que podía hacérsele tanto a ella como a su padre.

—Hay dos maneras de salir de esta habitación —bramó Ferrier—: una es por la puerta y la otra por la ventana. Avisadme cuando hayáis decidido cuál preferís.

Su rostro bronceado tenía un aspecto tan salvaje y sus enormes manos resultaban tan amenazantes que sus huéspedes se pusieron en pie de un salto y comenzaron una retirada apresurada. El viejo granjero los siguió hasta la puerta.

—No olvidéis decirme el resultado de la disputa —les dijo sardónico.

—¡Te arrepentirás de esto! —gritó Stangerson, blanco de ira—. Has desafiado al Profeta y al Consejo de los Cuatro. Lo lamentarás hasta el fin de tus días.

—La mano del Señor caerá sobre ti con furia —dijo el joven Drebber—. Se levantará contra ti y te golpeará.

—En ese caso, yo daré el primer golpe —exclamó Ferrier furioso.

De no haber sido por Lucy, que le sujetó, habría corrido escaleras arriba en busca de su fusil. Antes de que pudiera soltarse de ella, el sonido de las pezuñas de los caballos al galope le hizo saber que ya estaban fuera de su alcance.

—¡Los muy bribones! —gritó limpiándose el sudor

de la frente—. Prefiero verte morir, hija mía, antes que verte casada con cualquiera de ellos.

—Yo también, padre —respondió ella con energía—, Jefferson estará pronto aquí.

—Sí, no tardará en regresar. Cuanto antes, mejor; no sabemos cuál será el próximo movimiento de esta gente.

Desde luego era el momento de que alguien capaz de aconsejar y echar una mano acudiese en ayuda del viejo y fuerte granjero y su hija adoptiva. Nunca jamás en la historia del asentamiento se había producido un caso de desobediencia a la autoridad de los ancianos comparable a este. Si errores más livianos se penalizaban con tanta dureza, ¿cuál sería el destino reservado para semejante rebelde? Ferrier sabía que ni sus riquezas ni su posición en la comunidad le servirían de nada. Otros tan ricos y tan conocidos como él habían desaparecido y la Iglesia se había quedado con sus bienes. Era un hombre valiente, pero los vagos y siniestros terrores que se cernían sobre él le hacían temblar. No temía enfrentarse a nada conocido, pero esta incertidumbre le hacía perder los nervios. Sin embargo, no mostró sus miedos a su hija y le quitó hierro a todo el asunto, aunque ella, que le conocía bien, se dio cuenta de que él estaba lejos de estar tranquilo.

Esperaba recibir algún tipo de mensaje o reprimenda de Young por su conducta. Y aunque así fue, no se produjo de la manera que él esperaba. A la mañana siguiente, justo después de que amaneciera, encontró para su sorpresa un papelito sujeto con un alfiler al cobertor de su cama. Justo a la altura del pecho. Llevaba escrito, con letras mayúsculas desgarbadas:

TIENES VEINTINUEVE DÍAS PARA ENMENDARTE. Y ENTONCES...

Los puntos suspensivos resultaban más terroríficos que cualquier amenaza. Ferrier quedó completamente desconcertado por la manera en que esta advertencia había llegado hasta su habitación. Los sirvientes no dormían en la casa y todas las puertas y ventanas estaban cerradas por dentro. Arrugó el papel y no le dijo nada a su hija, pero el incidente le heló el corazón. Era evidente que los veintinueve días eran los días restantes hasta que venciera el plazo dado por Young.

¿Con qué valor y con qué fuerza podía uno enfrentarse a un enemigo armado con un poder tan misterioso? La misma mano que había prendido el alfiler podría haberlo apuñalado en el corazón y jamás se habría sabido el nombre de su asesino.

A la mañana siguiente se quedó aún más sorprendido. Se había sentado a desayunar cuando Lucy dio un grito de sorpresa y señaló con el dedo hacia arriba. En el mismo centro del techo aparecía escrito, aparentemente con un tizón, el número «28». Para su hija no tenía el menor sentido y él no hizo nada para aclararle de qué se trataba. Esa misma noche se sentó a hacer guardia despierto y armado con su fusil. Por la mañana un gran «27» apareció pintado en su puerta.

De esta manera se sucedieron los días. Y al hacerse de día, tan seguro como que el sol sale todas las mañanas, descubría que sus enemigos seguían llevando la cuenta de los días que quedaban del mes que le habían concedido de gracia y se lo hacían saber. En ocasiones, los números fatales aparecían sobre las paredes, en ocasiones sobre el suelo y otras veces en pequeños carteles sujetos a la puerta del jardín o el cercado. A pesar de su vigilancia, John Ferrier no consiguió descubrir quién le amenazaba de esta manera diariamente. Comenzó a asaltarle un terror supersticioso cada vez que veía uno de estos avisos. Estaba ojeroso y nervioso y sus ojos tenían la mirada asustada de una criatura a la que están dando caza. Solo le quedaba la esperanza de que el joven cazador regresase de Nevada.

Los días pasaron de veinte a quince, de quince a diez, pero seguían sin noticias del ausente. Los números fueron disminuyendo uno a uno y no había ni rastro de él. Cada vez que se oía acercarse un caballo o un conductor gritaba a su tiro, el viejo granjero corría hacia la puerta, convencido de que por fin llegaba la ayuda. Finalmente, cuando el cinco dio paso al cuatro y este al tres, se descorazonó y perdió toda esperanza de escapar a su destino. Se daba perfectamente cuenta de que sin ayuda y con un conocimiento demasiado limitado de las montañas que les rodeaban, no tenía escapatoria. Los caminos más transitados estaban estrechamente vigilados y no se podía salir de ellos sin el correspondiente permiso del Consejo. Hiciera lo que hiciese, parecía no haber manera de esquivar el golpe. Y a pesar de todo, el anciano resolvió morir si era necesario antes que consentir que deshonrasen a su hija.

Estaba sentado una tarde, meditando sobre sus problemas e intentando vanamente dar con una solución. Esa mañana el número 2 había aparecido escrito sobre una de las paredes de su casa y al día siguiente se cumpliría el plazo que le habían concedido. ¿Qué sucedería entonces? Innumerables y terribles temores poblaron su mente. Y su hija: ¿qué le sucedería a ella una vez desapareciera él? ¿No había manera de escapar de la invisible telaraña que los rodeaba? Dejó caer la cabeza sobre la mesa y sollozó amargamente de pura impotencia.

¿Qué era eso? En medio del silencio le pareció oír un débil sonido, como si algo arañase. Sonaba muy débil, pero en el silencio de la noche era perfectamente audible. Procedía de la puerta de la casa. Ferrier se acercó al recibidor sigilosamente y escuchó con atención. Durante unos instantes se produjo una pausa y de nuevo comenzó a oír el insidioso sonido. Era evidente que alguien estaba golpeando con sumo cuidado los paneles de la puerta. ¿Era algún asesino nocturno que venía a cumplir la misión que el tribunal secreto le había encomendado? ¿O era algún agente que venía a señalar el último día del plazo? John Ferrier sintió que era mejor que llegara la muerte de una vez que seguir soportando esta incertidumbre que le estaba destrozando los nervios. Saltó hacia delante y abrió la puerta de par en par.

Fuera todo estaba tranquilo y silencioso. La noche era preciosa y las estrellas titilaban intensamente sobre su cabeza. Veía el pequeño jardín delantero rodeado por la cerca, con su puerta; pero ni allí ni en el camino había ni un alma. Con un suspiro de alivio, John Ferrier miró a derecha y a izquierda, hasta que, al dirigir la mirada a sus pies por casualidad, vio para su sorpresa a un hombre tumbado bocabajo con los brazos y las piernas extendidos.

Se quedó tan desconcertado por lo que vio que reculó hasta la pared y se llevó las manos a la garganta para sofocar un grito. Lo primero que pensó fue que se trataba de algún herido o moribundo. Pero cuando le miró de nuevo vio cómo reptaba por el suelo hasta el interior de la casa con el sigilo y la rapidez de una serpiente. Una vez dentro de la casa, el hombre se puso en pie y, para el asombro del anciano granjero, resultó ser el feroz y decidido Jefferson Hope.

—¡Dios mío! —masculló John Ferrier—. Me has asustado. ¿Por qué vienes así?

—Deme de comer —dijo el otro con voz ronca—. No he tenido tiempo de comer ni de beber en las últimas cuarenta y ocho horas. —Se tiró sobre los restos fríos de carne y pan que habían quedado sobre la mesa tras la cena y se puso a devorarlos con voracidad—. ¿Lucy está bien? —preguntó una vez hubo saciado su hambre.

—Sí —respondió su padre—. No es consciente del peligro.

—Mejor. La casa está rodeada por todas partes. Por eso repté hasta aquí. Por muy listos que sean, no son lo bastante listos como para atrapar a un cazador *washo*.[1]

John Ferrier se sentía un hombre nuevo ahora que tenía un aliado en quien podía confiar. Agarró la curtida mano del joven y la estrechó con cordialidad.

—Eres un hombre del que se puede estar orgulloso —le dijo—; pocos habrían venido hasta aquí para compartir nuestros problemas.

—En eso tiene razón —respondió el joven cazador—. Le respeto, pero si fuese usted solo el que estuviese metido en el lío, me lo hubiese pensado dos veces antes de meterme en el avispero. He venido por Lucy. Antes de que nada malo le suceda a ella, habrá un miembro menos de la familia Hope en Utah.

—¿Qué vamos a hacer?

—Mañana es el último día y si no actuamos esta misma noche, estamos perdidos. Tengo dos caballos y una mula esperando en el Barranco del Águila. ¿Cuánto dinero tiene?

1. Tribu nativoamericana. De *washiu*, 'persona'. (*N. de la E.*)

—Unos dos mil dólares en oro y cinco mil en billetes.

—Eso bastará. Yo tengo una cantidad similar. Tenemos que abrirnos paso hasta Carson City a través de las montañas. Será mejor que despierte a Lucy. Es una suerte que los criados no duerman en la casa.

Mientras Ferrier preparaba a su hija para la huida, Jefferson Hope empaquetó todos los alimentos que pudo encontrar y formó un pequeño paquete con ellos. Llenó también un recipiente de gres con agua, pues sabía por experiencia que una vez en las montañas los pozos de agua eran escasos y estaban muy alejados unos de otros. Acababa de terminar con sus preparativos cuando el granjero regresó con su hija, ya vestida y lista para partir. El reencuentro entre los dos amantes fue cariñoso pero breve, pues el tiempo era oro y todavía les quedaban muchas cosas por hacer.

—Debemos salir de inmediato —dijo Jefferson Hope, hablando con voz baja y decidida, como alguien que es consciente del peligro al que se enfrenta pero está decidido a superarlo—. La entrada principal y la trasera están vigiladas, pero si tenemos cuidado podemos salir por la ventana lateral y desde ahí cruzar los campos de cultivo. Una vez lleguemos al camino, estaremos solo a dos millas del barranco donde nos esperan los caballos. Cuando amanezca estaremos en medio de las montañas.

—¿Y si nos detienen? —preguntó Ferrier.

Hope dio una palmada a la culata del revólver que sobresalía por la parte frontal de su cinturón

—Si son muchos más que nosotros, podremos llevarnos por delante a dos o tres de ellos —dijo con una sonrisa siniestra.

Todas las luces en el interior de la casa estaban apagadas. A través de la oscura ventana Ferrier vio lo que hasta ese momento habían sido sus campos de cultivo, que se disponía a abandonar para siempre. Se había sacrificado trabajando duramente en esas tierras y, sin embargo, al pensar que estaba contribuyendo a salvaguardar el honor y la felicidad de su hija, no le importó dejar atrás toda su fortuna. Todo parecía muy tranquilo y alegre: el murmullo de las hojas de los árboles, la ancha franja de campos de cereales silenciosos... Era difícil imaginar que la siniestra sombra del asesinato se cernía sobre todos ellos. Y sin embargo, el rostro pálido y de expresión decidida del joven cazador era señal de que mientras se acercaba había visto algo que le había convencido de que así era.

Ferrier llevaba el saco con el oro y los billetes, Jefferson Hope, las exiguas provisiones y el agua, y Lucy llevaba tan solo un pequeño hatillo en el que había recogido unas pocas de sus más preciadas posesiones. Abrieron la ventana muy despacio y con mucho cuidado, y esperaron a que una nube oscureciera la noche. Uno a uno salieron con cuidado por la ventana hasta el pequeño jardín. Contuvieron la respiración y avanzaron agachados hasta el seto. Una vez allí, lo siguieron hasta que alcanzaron una abertura hacia los campos de maíz. Acababan de llegar a este punto cuando Jefferson Hope tiró de ellos y los arrastró hasta las sombras. Allí se quedaron, temblando y en silencio.

El tiempo pasado en las praderas había dado a Jefferson Hope el oído de un lince. Acababan de agacharse cuando se oyó el ulular melancólico de un búho a unas pocas yardas de donde se encontraban. Un ulular semejante y próximo respondió al anterior. En ese instante vieron a una vaga figura salir por la abertura hacia la que ellos se dirigían. Realizó la misma llamada y esta vez un segundo hombre surgió de las sombras.

—Mañana a medianoche —dijo el primero, que parecía ser el que estaba al mando—. Cuando suene por tercera vez el chotacabras.

—De acuerdo —contestó el otro—. ¿Aviso al hermano Drebber?

—Avísale y que él pase el aviso a los demás. ¡Nueve a siete!

—¡Siete a cinco! —dijo el otro y ambos se separaron siguiendo caminos distintos. Sus palabras finales parecían sin duda algún tipo de santo y seña. En el mismo instante en el que sus pasos se perdieron en la distancia, Jefferson Hope se puso en pie y ayudó a sus compañeros a pasar por la abertura en el seto. Hope dirigió la marcha a través de los campos de cultivo, llevándolos a toda velocidad, sirviendo de apoyo a la chica y llevándola en brazos cuando a ella le fallaban las fuerzas.

—¡Rápido, rápido! —decía de cuando en cuando—. Estamos dentro del alcance de los centinelas. Todo depende de lo rápidos que seamos. ¡Deprisa!

Una vez que llegaron al camino principal, avanzaron más deprisa. Solo en una ocasión se encontraron a alguien y les dio tiempo a esconderse entre el cereal antes de ser vistos. Antes de llegar a la ciudad el cazador les desvió por un estrecho y accidentado sendero que conducía a las montañas. Dos oscuros y serrados picos dominaban el terreno en la oscuridad por encima de ellos. El desfiladero que discurría entre ambas montañas era el que recibía el nombre de Cañón del Águila. Allí les esperaban los caballos. Con un instinto certero,

Jefferson Hope fue guiando su camino por entre enormes rocas y a lo largo del lecho de un río seco. Llegaron finalmente a un recodo cubierto por grandes rocas tras las que estaban escondidos los animales. A la chica le correspondió la mula, el viejo Ferrier y su saco con el dinero se acomodaron sobre uno de los caballos y Jefferson Hope sobre el otro. Hope los guio por el escarpado y peligroso sendero.

Era una ruta algo desconcertante para alguien que no estuviese acostumbrado a contemplar la naturaleza en su estado más salvaje. A un lado tenían un gran peñasco que sobrepasaba los mil pies de altura, negro, severo y amenazante, cuya rugosa superficie estaba cubierta por columnas basálticas, de manera que semejaban las costillas de algún monstruo petrificado. Al otro lado, un completo caos de rocas y maleza impedía el paso. Por entre ambos discurría el irregular sendero, tan angosto que en algunos puntos se veían obligados a avanzar en fila india, y tan accidentado que tan solo los jinetes experimentados podrían recorrerlo. A pesar de todas las dificultades, los fugitivos estaban más contentos a cada paso que daban, pues aumentaba la distancia entre ellos y la temible dictadura de la que huían.

Pronto vivieron una prueba palpable de que todavía estaban dentro de la jurisdicción de los Santos. Habían llegado a la parte más agreste y triste del desfiladero cuando la chica gritó asustada y señaló hacia arriba. Sobre una roca que dominaba el camino, podía verse recortada contra el cielo la silueta de un solitario centinela. Él los vio a ellos tan pronto como ellos se dieron cuenta de su presencia de él, y el marcial saludo «¿Quién va?» resonó por todo el silencioso desfiladero.

—Viajeros que se dirigen a Nevada —dijo Jefferson

Hope con una mano sobre el rifle que colgaba de su silla de montar.

Vieron cómo el centinela cogía su revólver, poco satisfecho por la respuesta recibida, y los miraba con atención desde lo alto.

—¿Con permiso de quién? —preguntó.

—Los Cuatro Sagrados —respondió Ferrier. Su experiencia con los mormones le había demostrado que esa era la máxima autoridad a quien se podía recurrir.

—Nueve de siete —gritó el centinela.

—Siete de cinco —respondió de inmediato Jefferson Hope, recordando el santo y seña escuchado en el jardín.

—Id, y que el Señor os acompañe —les dijo la voz desde allí arriba.

Más allá de este puesto de vigilancia, el camino se ensanchaba y pudieron poner los caballos al trote. Al mirar atrás vieron al solitario vigía empuñar su pistola y se dieron cuenta de que acababan de traspasar el último puesto fronterizo del pueblo elegido y que tenían frente a ellos la libertad.

5

Los ángeles vengadores

A lo largo de toda la noche su camino discurrió por intrincados desfiladeros e irregulares pasos de montaña. Se perdieron en más de una ocasión, pero el profundo conocimiento que Hope tenía de aquellas montañas les permitió regresar a su camino en todas las ocasiones. Cuando amaneció se encontraron con una maravillosa muestra de naturaleza en su estado más salvaje delante de ellos. Miraran en la dirección que mirasen, enormes montañas de cumbres nevadas les cortaban el paso, asomándose unas sobre otras y perdiéndose en el horizonte. Las laderas por entre las que avanzaban eran tan escarpadas que los pinos y alerces parecían suspendidos por encima de sus cabezas, de manera que una leve racha de viento los haría desplomarse sobre ellos. Ese temor no era completamente injustificado, pues el estéril valle estaba lleno de troncos de árboles y grandes rocas que se habían desprendido de las laderas. De hecho, mientras cabalgaban por allí, una gran roca cayó rodando, chocando y retumbando contra todas las demás. El eco de su caída se extendió por los silenciosos barrancos y asustó a los exhaustos caballos, que echaron a galopar.

A medida que el sol se elevaba en el horizonte por el este, las cumbres nevadas de las montañas que los rodeaban comenzaron a iluminarse una tras otra, como si se tratase de farolillos en una feria, hasta que finalmente acabaron todas refulgiendo con un color rojizo. El increíble espectáculo llenó de alegría el corazón de los fugitivos y los llenó de renovadas energías. Llegaron a un torrente que surgía de un barranco y en él dieron de beber a los caballos y tomaron un frugal desayuno. Tanto Lucy como su padre hubiesen deseado descansar durante más tiempo, pero Jefferson Hope era inflexible:

—Ya deben de haber salido en nuestra persecución —dijo—. Todo depende de lo rápidos que seamos. Ya tendremos tiempo de descansar durante toda nuestra vida una vez estemos a salvo en Carson City.

Durante todo el día avanzaron penosamente por desfiladeros. Al caer la tarde calcularon que debían de estar a unas treinta millas de sus enemigos. Eligieron para dormir la base de un empinado barranco, en donde las rocas los protegían del viento helado. Se juntaron entre ellos para poder darse algo de calor y durmieron durante unas pocas horas. Antes de que amaneciera, ya estaban de nuevo en pie y en marcha. No habían visto ni rastro de sus posibles perseguidores y Jefferson Hope empezaba a pensar que habían conseguido ponerse a salvo de la temible organización cuya enemistad se habían granjeado. Pero no conocía el alcance del brazo de hierro ni lo próximo que estaba el momento en el que su garra caería sobre ellos.

Sus exiguas provisiones comenzaron a escasear a mediados del segundo día. El cazador no se inquietó mucho, pues existía caza por aquellas montañas y en más de una ocasión había tenido que recurrir a su rifle para proveerse de las necesidades más básicas. Eligió un rincón resguardado y con unas cuantas llamas secas encendió una hoguera para que sus acompañantes entraran en calor, pues se encontraban a casi cinco mil pies sobre el nivel del mar y el aire era helador. Ató los caballos, se despidió de Lucy y con el arma al hombro salió en busca de lo que el destino quisiera depararle. Al mirar atrás vio al viejo y a la joven, en cuclillas al lado del fuego, y los tres animales inmóviles tras ellos. Después, las rocas que se interpusieron entre ellos le impidieron seguir viéndolos.

Caminó durante un par de horas de barranco en barranco sin el menor éxito, aunque a juzgar por las marcas que encontró sobre los troncos de los árboles y algún otro indicativo, debía de haber bastantes osos por allí. Finalmente, cuando ya habían transcurrido dos o tres horas de búsqueda infructuosa y estaba a punto de volver atrás derrotado, al levantar la vista vio algo que hizo que su corazón saltase de alegría. En lo alto de un elevado pináculo, trescientos o cuatrocientos pies por encima de donde se encontraba, había una criatura que recordaba a una oveja, pero que tenía un par de cuernos gigantescos. El carnero estaba, probablemente, vigilando a un rebaño que quedaba fuera de la visión del cazador. Afortunadamente, miraba hacia el lado contrario y no se había dado cuenta de la presencia del cazador. Se tumbó boca abajo, apoyó su rifle sobre una piedra y apuntó cuidadosamente durante un buen rato antes de apretar el gatillo. El animal saltó en el aire, peleó durante unos instantes por recuperar el pie sobre el borde del precipicio y finalmente se desplomó en el valle.

Era demasiado grande para poder transportarlo entero, así que el cazador se conformó con cortarle una de las patas traseras y parte del flanco. Se puso el trofeo sobre los hombros y se apresuró a deshacer sus pasos, pues comenzaba a caer la tarde. Sin embargo, nada más ponerse a ello se dio cuenta de que no iba a ser tarea fácil. En su afán por conseguir comida se había aventurado mucho más allá de los barrancos que conocía y no era sencillo reconocer por dónde había pasado. El valle en el que se encontraba estaba subdividido en muchas quebradas, tan parecidas unas a otras que resultaba prácticamente imposible diferenciarlas. Caminó durante algo más de una milla hasta que llegó a un torrente de montaña que estaba seguro de no haber visto antes. Convencido de que había elegido el camino equivocado, probó por otro sendero con el mismo resultado. La noche se le estaba echando encima rápidamente y era prácticamente noche cerrada cuando consiguió llegar a un desfiladero que sí conocía. Ni aun entonces era fácil mantenerse en el buen camino, pues la luna no se había levantado todavía y los altos precipicios que tenía a ambos lados le mantenían en una profunda oscuridad. Doblado bajo el peso de su carga y agotado por todo el esfuerzo realizado, se obligaba a pensar que cada paso suyo le acercaba un poco más a Lucy y que estaba llevando la comida que les permitiría completar su viaje.

Acababa de llegar a la boca de la garganta en donde los había dejado. Incluso en medio de aquella oscuridad, pudo reconocer la silueta de las paredes de piedra que lo rodeaban. Pensó que debían de estar esperándole impacientes, pues había estado ausente durante casi cinco horas. Contento como estaba, se llevó las manos a la boca para dar un grito de saludo que resonase por el profundo y estrecho valle, señal de que ya se aproximaba a ellos. Se detuvo y esperó una respuesta. Pero no recibió más que los sonidos de su propio grito, que resonó contra las paredes de los barrancos en silencio y regresó a él repitiéndose innumerables veces. Repitió su llamada gritando más fuerte esta vez y de nuevo no recibió ni tan siquiera un susurro como respuesta de sus amigos, de los que se había separado hacía tan poco tiempo. Un vago terror sin nombre se apoderó de él y comenzó a correr desesperadamente hacia delante, dejando caer con su agitación la tan preciada comida.

Al girar un recodo tuvo la visión completa sobre el lugar en el que había ardido el fuego. Todavía quedaba una pila de rescoldos incandescentes, pero era evidente que nadie se había ocupado de mantenerlo vivo desde que él se había marchado. En todas partes a su alrededor solo existía el mismo silencio. Ya los vagos temores habían tomado una forma definida y avanzó aún más deprisa. No había ni un alma alrededor de lo que había sido un fuego: animales, doncella y anciano habían desaparecido. Era demasiado evidente que algún terrible desastre había ocurrido durante su ausencia. Un desastre que les había golpeado a todos ellos sin dejar rastro.

Completamente desconcertado y aturdido por este golpe, Jefferson Hope sintió que la cabeza le daba vueltas y tuvo que apoyarse sobre su rifle para evitar desplomarse sobre el suelo. Pero él era intrínsecamente un hombre de acción y recobró rápidamente el sentido. Tomó un pedazo de madera medio quemado y sopló el ascua para prenderlo de nuevo. Con ayuda de la luz que le proporcionaba se dispuso a inspeccionar el pequeño campamento. El suelo estaba lleno de pisadas de caballo por todas partes. Una gran partida de hombres a caballo había caído sobre los fugitivos; por la dirección de las huellas, habían marchado en dirección a Salt Lake City. ¿Se habían llevado con ellos a sus dos compañeros? Jefferson Hope estaba casi convencido de que eso era lo que debía de haber pasado, cuando sus ojos repararon en un objeto que le hizo estremecerse. Un poco alejado del campamento había un pequeño montículo de arena rojiza que estaba completamente seguro de que antes no estaba allí. No era otra cosa sino una tumba recién excavada. A medida que se acercaba a ella, el joven cazador fue consciente de que sobre ella habían clavado un palo atravesado por un papel sujeto por la hendidura de la horquilla. La inscripción en el papel era breve pero exacta:

JOHN FERRIER
Vecino de Salt Lake City
Muerto el 4 de agosto de 1860

El robusto anciano del que se había separado tan poco tiempo antes ya no existía y este era todo su epitafio. Jefferson Hope buscó furiosamente una segunda tumba a su alrededor, pero no encontró ninguna. Sus feroces perseguidores habían conducido a Lucy a cumplir su destino original de convertirse en una esposa más en el harén del hijo de uno de los ancianos. Al darse cuenta de lo que iba a suceder irremediablemente sin que él pudiera hacer nada por impedirlo, el joven deseó ocupar también una tumba al lado del anciano.

Sin embargo, una vez más, su alma decidida le obligó a salir del letargo que surge de la desesperación. Si no podía hacer otra cosa, por lo menos dedicaría el resto de sus días a vengarse. Jefferson Hope no era solo un hombre paciente y perseverante, sino que además era tremendamente vengativo, posiblemente a causa de todo el tiempo que había vivido con los indios. Mientras permanecía de pie al lado del fuego agonizante, se dio cuenta de que lo único que podría mitigar su dolor sería la venganza. Venganza completa y sin piedad llevada a cabo por él mismo en la persona de sus enemigos. Decidió dedicar toda su energía y voluntad a este único objetivo. Pálido y desencajado, deshizo sus pasos hasta donde había dejado caer la comida, avivó las llamas y asó carne en cantidad suficiente como para que le durase unos días. Hizo un hatillo con ella y, a pesar de lo cansado que estaba, se puso a caminar por entre las montañas siguiendo el rastro de los Ángeles Vengadores.

Completamente exhausto y con los pies destrozados caminó durante cinco días, recorriendo de vuelta el mismo recorrido que ya había hecho a caballo. De noche se dejaba caer en cualquier grieta y dormía unas pocas horas. Antes de que amaneciera ya estaba de nuevo en marcha. El sexto día llegó al Cañón del Águila, desde el que había comenzado su huida maldita. Desde allí tenía una panorámica completa sobre la Ciudad de los Santos. Agotado, exhausto, se apoyó sobre el rifle y saludó ferozmente con su enorme mano a la extensa y silenciosa ciudad que tenía a sus pies. Mientras la observaba se dio cuenta de que había banderas en algunas calles importantes y alguna que otra señal de que celebraban una fiesta. Seguía intentando imaginar de qué podía tratarse cuando oyó el repiqueteo de herraduras y vio que se acercaba a él un hombre a caballo. Cuando estuvo más cerca vio que se trataba de un mormón llamado Cowper, al que conocía por haber trabajado para él en alguna ocasión. En cuanto pudo, se acercó a él para preguntarle por el destino de Lucy.

—Soy Jefferson Hope —le dijo—, ¿me recuerdas?

El mormón le miró con un asombro imposible de disimular. Era muy difícil reconocer en este vagabundo andrajoso y sucio, de cara demacrada y feroz mirada, al apuesto y joven cazador de días pasados. Una vez que supo su identidad, el asombro pasó a convertirse en preocupación.

—Estás loco al venir aquí —exclamó—. Arriesgo mi propia vida al hablar contigo. Los Cuatro Sagrados te han puesto en busca y captura por ayudar a los Ferrier a escapar.

—No les temo ni a ellos ni a los que salgan en mi busca —dijo Hope vehementemente—. Tú tienes que estar al corriente de algunas cosas, Cowper. En nombre de todo lo que para ti sea sagrado, te ruego que me contestes a algunas preguntas. Siempre hemos sido amigos; por el amor de Dios, contéstame, por favor.

—¿Qué quieres saber? —respondió el mormón, inquieto—. Date prisa. Hasta las rocas oyen y los mismos árboles tienen ojos.

—¿Qué ha sido de Lucy Ferrier?

—Ayer se casó con el hijo de Drebber. No te caigas, hombre, sostente; estás medio muerto.

—No te preocupes por mí —respondió Hope completamente mareado. Estaba blanco como un muerto y tuvo que dejarse caer sobre una roca en la que se había estado apoyando—. ¿Dices que se ha casado?

—Ayer se casó. Por eso hay banderas en la Casa de

Dotación. Drebber y Stangerson discutieron acerca de quién tenía más derecho a casarse con ella. Ambos habían pertenecido a la partida que los persiguió y fue Stangerson quien mató a su padre. Eso parecía darle el derecho a casarse con ella, pero cuando el Consejo discutió el asunto, Drebber tenía más partidarios, así que el Profeta se la dio a él. Aunque ninguno habría podido disfrutar mucho de ella, porque ayer le vi a ella la muerte pintada en el rostro. Parecía más un fantasma que una mujer. ¿Te marchas?

—Sí, me marcho —respondió Jefferson Hope, que acababa de levantarse de su asiento. La expresión de su rostro era tan dura y decidida que parecía que su cara había sido cincelada en mármol. En los ojos llevaba una mirada siniestra.

—¿Adónde vas?

—Eso es lo de menos —le respondió—. Deslizó su arma por encima de su hombro y se puso en marcha en dirección al barranco y de ahí al corazón de las montañas, el reino de las bestias salvajes. Ninguna de ellas era tan feroz y salvaje como él.

La predicción del mormón se cumplió al pie de la letra. Se debiese a la cruel muerte de su padre o al odioso matrimonio que le fue impuesto, el caso es que Lucy Ferrier languideció y murió de pena en menos de un mes. Su marido, que, además de ser un borracho, se había casado con ella para tener acceso a la fortuna de su padre, no demostró un gran dolor por su pérdida. Pero sus otras esposas, como manda la costumbre mormona, lloraron su muerte y velaron su cadáver durante toda la noche que precedió a su entierro. Estaban todas reunidas alrededor de su ataúd cuando, para su completo asombro y terror, la puerta de la habitación se abrió de par en par de golpe y entró un hombre de feroz aspecto, abatido por los elementos y harapiento. Sin siquiera echar una sola mirada a las aterrorizadas mujeres, se acercó a la blanca y silenciosa figura que una vez había contenido el alma pura de Lucy Ferrier; se inclinó sobre el cadáver y besó con reverencia su fría frente. Entonces, tomó su mano y le quitó del dedo la alianza de boda. «No la enterraréis con esto puesto», bramó con un feroz gruñido. Antes de que las mujeres pudiesen dar la voz de alarma, salió disparado escaleras abajo y desapareció. El episodio fue tan rápido e inusitado que las veladoras no lo habrían creído ni hubiesen podido convencer a nadie de la veracidad de su relato, a no ser por el hecho innegable de que el círculo de oro que había rodeado su dedo señalando que había contraído matrimonio había desaparecido.

Durante algunos meses, Jefferson Hope vagó por las montañas y siguió un estilo de vida salvaje y agreste, cultivando en su corazón el deseo de venganza que se había apoderado de él. Por la ciudad circulaban historias acerca del extraño ser al que se veía merodeando por las afueras y que cazaba por los solitarios barrancos de las montañas. En una ocasión una bala silbó a través de una de las ventanas de Stangerson y se estrelló en una pared a menos de un pie de distancia de él. En otra, una gran roca se desprendió de una pared de piedra justo cuando Drebber pasaba bajo ella y salvó la vida de milagro al tirarse al suelo. Los dos jóvenes mormones no tardaron en descubrir la causa de estos atentados contra su vida. Repetidamente salieron partidas de hombres hacia las montañas con la intención de cazar a Hope y capturarle o darle muerte, pero no tuvieron éxito. A partir de ese momento ambos empezaron a tomar precauciones: nunca salían solos y jamás cuando se había puesto el sol, y ambos hicieron vigilar sus casas. Al cabo de un tiempo pudieron relajar algo estas medidas, pues no volvió a saberse nada de su enemigo y empezaron a sospechar que su afán de venganza se había mitigado.

Nada más lejos de la realidad: no solo no había disminuido lo más mínimo sino que había aumentado. El cazador no estaba acostumbrado a rendirse y era un hombre de palabra. Su deseo de venganza se había apoderado de él por completo y ningún otro sentimiento tenía cabida dentro de él. Sin embargo, más que ninguna otra cosa, era un hombre de naturaleza práctica y muy pronto se dio cuenta de que ni su constitución de hierro podría soportar las condiciones de extrema adversidad a las que se estaba exponiendo. El vivir a la intemperie y la escasez de comida estaban agotándole por completo. Si él acababa muriendo como un perro en las montañas, ¿quién llevaría a cabo su venganza? Y si seguía así, era seguro que moriría pronto. Se dio cuenta de que su actitud beneficiaba a sus enemigos; así que, de mala gana, se volvió a las minas de Nevada, donde podría cuidar mejor su salud y conseguir el dinero que le permitiría cumplir sus objetivos sin privaciones de ningún tipo.

Tenía intención de estar fuera un año como máximo, pero un cúmulo de circunstancias imprevisibles le impidieron marcharse de las minas antes de que hubiesen transcurrido casi cinco años. Cuando pasó ese tiempo, sus deseos de venganza eran tan feroces como la noche en la que estuvo frente a la tumba de John Ferrier. Regresó a Salt Lake City disfrazado y utilizando un nombre falso, sin preocuparle un ápice lo que le sucediera, siempre y cuando pudiera hacer lo que entendía como justicia. Sin embargo, se encontró con algo que no esperaba. Pocos meses antes se había producido un cisma en el seno del Pueblo Elegido. Algunos de los miembros jóvenes de la Iglesia se habían rebelado en contra de la autoridad de los ancianos y el resultado había sido que algunos de los descontentos se habían marchado de Utah y se habían convertido en gentiles. Dos de ellos eran Drebber y Stangerson. Y nadie tenía ni idea de adónde habían ido. Corrían rumores de que Drebber había conseguido convertir gran parte de sus bienes en dinero en metálico y era un hombre acomodado, mientras que su compañero, Stangerson, era en comparación relativamente pobre. Pero no había ni el menor indicio de hacia dónde podían haber ido.

Cualquier otro hombre, por vengativo que fuese, habría decidido abandonar ahí ante las dificultades que la empresa ofrecía, pero Jefferson Hope no titubeó ni un instante. A pesar de la poca preparación que poseía, se puso a buscar cualquier tipo de empleo que le permitiera perseguir a sus enemigos por todo Estados Unidos. Pasaron los años, sus cabellos encanecieron y siguió viajando, convertido en un sabueso humano y con la idea fija en su mente de conseguir el único objetivo al que había decidido dedicar su vida. Finalmente, su perseverancia se vio recompensada. Fue tan solo una mirada a través de una ventana, pero esa mirada le dijo que en Cleveland, Ohio, estaban los hombres a los que perseguía. Regresó a su miserable vivienda con un plan de venganza perfectamente trazado. Sucedió, sin embargo, que Drebber también miró por la ventana y reconoció al vagabundo de la calle al leer la muerte en sus ojos. Se apresuró a acudir ante un juez de paz, acompañado por

Stangerson, que se había convertido en su secretario particular, y clamó ante aquel que ambos se encontraban en peligro de muerte a causa de los celos de un antiguo rival. Esa misma tarde Jefferson Hope fue puesto en prisión preventiva y, al no poder pagar una fianza, permaneció detenido varias semanas. Una vez liberado se encontró con que Drebber había abandonado su casa y que tanto él como su secretario habían puesto rumbo a Europa.

De nuevo le habían burlado. Y de nuevo su odio reconcentrado le hizo salir tras ellos. Pero necesitaba dinero; así que durante un tiempo se vio obligado a trabajar y ahorrar cada dólar que ganaba para poder hacer el deseado viaje. Por fin, tras haber ahorrado todo el dinero salvo el necesario para mantenerse vivo, salió hacia Europa y persiguió a sus enemigos de ciudad en ciudad, dedicándose a cualquier labor servil que le permitiera continuar su búsqueda. Pero jamás los alcanzaba. Cuando él llegó a San Petersburgo, acababan de partir hacia París; al llegar allí descubrió que acababan de salir hacia Copenhague. Una vez más, llegó un par de días tarde a la capital danesa, pues ellos acababan de salir hacia Londres. Y allí por fin los alcanzó. Para dar cuenta de lo que allí sucedió, lo mejor que podemos hacer es referirnos al relato del propio cazador, que recogió diligentemente en su diario el doctor Watson, con el que ya estamos en deuda.

6

Continuación de los recuerdos
del doctor Watson

La feroz resistencia de nuestro prisionero no parecía indicar, sin embargo, ningún mal ánimo en nuestra contra, pues una vez se dio cuenta de que no tenía nada que hacer, nos sonrió de manera afable y nos dijo que esperaba no habernos herido durante la pelea.

—Sospecho que pretenden llevarme a la comisaría —comentó a Sherlock Holmes—. Mi coche está en la puerta. Si me desatan las piernas podré llegar hasta él. Ya no soy tan ligero y fácil de transportar como antaño.

Gregson y Lestrade se miraron como si la propuesta les pareciese totalmente descabellada, pero Sherlock Holmes tomó de inmediato la palabra del prisionero y desató la toalla que rodeaba sus tobillos. El prisionero se puso en pie y estiró las piernas como para asegurarse de que volvían a estar en libertad. Recuerdo que al mirarle pensé que en pocas ocasiones había visto un hombre de constitución tan fuerte. Su rostro quemado por el sol tenía una expresión de firmeza y energía tan formidable como su extraordinaria presencia física.

—Si el puesto de jefe de policía se queda libre, deberían dárselo a usted —dijo con admiración a mi compañero de cuarto—. Su manera de rastrearme ha sido asombrosa.

—Será mejor que vengan conmigo —dijo Holmes a ambos detectives.

—Yo puedo conducir el carruaje —dijo Lestrade.

—Excelente; que Gregson venga entonces en el interior conmigo. Y usted también, doctor. Ha estado muy interesado en este caso y debe venir con nosotros.

Asentí contento y todos bajamos las escaleras. Nuestro prisionero no intentó escapar, sino que subió con calma al carruaje que había sido suyo y los demás subimos tras él. Lestrade subió al pescante, dio un latigazo al caballo y en poco tiempo nos llevó a nuestro destino. Nos ubicaron en una habitación pequeña en la que un inspector de policía anotó el nombre de nuestro prisionero y el nombre de los hombres de cuya muerte se le acusaba. El oficial era un hombre de tez blanca e inexpresivo, que realizó su tarea de forma aburrida y mecánica.

—El prisionero estará en presencia de un juez dentro de una semana —dijo—. Mientras tanto, ¿hay algo que desee decir, señor Hope? Debo informarle de que todo lo que diga podrá ser utilizado en contra suya.

—Tengo muchas cosas que contar —dijo nuestro prisionero muy despacio—. Y deseo contárselo todo a ustedes, caballeros.

—¿No es mejor que se reserve para el juicio? —preguntó el inspector.

—Es posible que no llegue vivo al juicio —respondió—. No me mire así. No estoy pensando en suicidarme. ¿Es usted médico? —sus feroces ojos negros me miraban a mí mientras hacía esta última pregunta.

—Así es —respondí.

—En ese caso, ponga aquí su mano —dijo sonriendo mientras señalaba un lugar en su pecho con las muñecas esposadas.

Así lo hice. De inmediato percibí el continuo zumbido y la agitación en su interior. Las paredes de su pecho parecían temblar y vibrar como lo haría un frágil edificio en cuyo interior se instalase un potente motor. En el silencio de la habitación pude oír un sordo murmullo y un zumbido que tenían el mismo origen.

—¡Padece usted un aneurisma aórtico!

—Así lo llaman —dijo tranquilamente—. Fui a un doctor la semana pasada y me dijo que está a punto de explotar. No ha dejado de empeorar con los años. Comenzó durante mis años de fatigas y privaciones en las montañas de Salt Lake City. Pero mi misión está cumplida y no me importa lo que tarde en marcharme de este mundo, aunque quiero contar lo que ha pasado. No quiero que me recuerden como un carnicero cualquiera.

El inspector y los dos detectives empezaron a discutir sobre la conveniencia o no de dejarle contar su historia.

—¿Cree usted, doctor, que de verdad existe un riesgo inminente de que fallezca? —me preguntó el primero de ellos.

—Estoy convencido de ello —respondí.

—En ese caso, es nuestro deber en nombre de la justicia tomarle declaración —dijo el inspector—. Es libre de contarnos su versión de los hechos, pero me veo obligado a advertirle de nuevo de que se tomará nota de ello.

—Me sentaré, con su permiso —dijo el prisionero uniendo palabras y acción—. Este aneurisma hace que me canse con facilidad y la pelea de hace media hora no ha servido para mejorar mi estado. Estoy con un pie en la tumba y no tiene ningún sentido que les mienta. Todo lo que voy a contarles es cierto, y cómo lo usen no me importa.

Con estas palabras Jefferson Hope se recostó en su silla e inició un sorprendente relato. Habló de manera metódica y relajada, como si todo lo que contaba fuese algo de lo más corriente. Puedo garantizar la fidelidad de lo que a continuación transcribo, porque tuve acceso a las notas taquigráficas de Lestrade en las que se registraron minuciosamente todas las palabras del prisionero tal como él las pronunció.

—El porqué de su odio hacia estos hombres no es algo de su incumbencia —dijo—. Les basta con saber que fueron los responsables de la muerte de dos seres humanos, un padre y una hija, y que, por tanto, perdieron el derecho a conservar su propia vida. Tras el tiempo que transcurrió desde su crimen, me di cuenta de que no podría conseguir que ningún tribunal dictase una sentencia condenatoria en contra de ellos, así que decidí ser juez, jurado y verdugo todo en uno. De estar en mi pellejo y tener algo de sangre en las venas, ustedes hubiesen actuado como yo lo hice.

»La joven de la que he hablado iba a convertirse en mi esposa hace veinte años. La obligaron a casarse con Drebber y eso me destrozó el corazón. Tomé su alianza de su dedo una vez estaba muerta y me juré a mí mismo que los últimos pensamientos de Drebber serían acerca del crimen que le costaba la vida. He llevado el anillo siempre conmigo y los he seguido a él y a su cómplice por dos continentes hasta que les di caza. Pensaron que me aburrirían, pero no pudieron conseguirlo. Si muero mañana mismo, como es probable que suceda, moriré sabiendo que he cumplido con mi deber. Y que lo he hecho bien. Han muerto y por mi mano. Ya no queda nada en este mundo que yo pueda desear.

»Ellos eran ricos y yo era pobre, así que seguirlos no ha sido tarea fácil. Cuando llegué a Londres estaba a punto de quedarme sin dinero y me di cuenta de que necesitaba conseguir algún empleo que me permitiera ganarme la vida. Conducir un carruaje y montar a caballo son para mí cosas tan naturales como caminar, así que solicité empleo en una oficina de cocheros. Y pronto lo conseguí. Debía dar una cierta cantidad de dinero a la semana al dueño del carruaje, y todo lo que sobrepasase esa cantidad era para mí. Rara vez había mucho más, pero me las apañé para ir arañando algo. Lo que más trabajo me costó fue aprenderme esta ciudad, pues de todos los sitios en los que he estado, esta ciudad es la más complicada. Pero llevaba un plano conmigo y una vez hube aprendido dónde estaban los principales hoteles y estaciones, pude desenvolverme bastante bien.

»Pasó algún tiempo antes de que diese con el lugar en el que vivían mis dos caballeros. Pregunté y pregunté hasta que los localicé. Se alojaban en una casa de huéspedes en Camberwell al otro lado del río. Una vez que di con ellos, estaba seguro de que los tenía a mi merced. Me había dejado barba para que no me reconocieran. Decidí seguirles hasta que tuviese oportunidad de llevar a cabo mi venganza: no se me escaparían de nuevo.

»Estaba a punto de conseguirlo. Fueran a donde fuesen en Londres, yo estaba con ellos. Algunas veces los seguía con mi carruaje, otras a pie. Pero la primera manera era la mejor, pues así no conseguían librarse de mí. Solo podía trabajar a primera hora de la mañana o de noche, así que empecé a retrasarme en los pagos con mi jefe. Pero mientras pudiese ponerles las manos encima, no me importaba.

»Eran astutos, sin embargo. Debieron pensar que tal vez los seguían, pues nunca salían por separado y jamás después de que se pusiese el sol. Durante dos semanas estuve tras ellos todos los días y ni una sola vez se separaron. Drebber estaba borracho la mitad del tiempo, pero Stangerson no se despistaba ni un momento. Los vigilé por la mañana temprano y tarde por la noche, pero jamás tuve la menor oportunidad; en ningún momento perdí la esperanza, pues algo me decía que mi oportunidad estaba próxima. Lo único que verdaderamente temía era que mi pecho no aguantase lo bastante como para permitirme cumplir mi misión.

»Por fin, una tarde que conducía mi coche arriba y abajo por Torquay Terrace, pues así se llama la calle en donde está la casa en la que se alojaban, vi detenerse un carruaje en su puerta. Sacaron algo de equipaje y posteriormente aparecieron Stangerson y Drebber, subieron al coche y se marcharon. Fustigué a mi caballo y los mantuve a la vista. Yo estaba muy nervioso, pues me di cuenta de que abandonaban su domicilio. Se bajaron en la estación de Euston, dejé a un chiquillo al cuidado de mi carruaje y los seguí al andén. Oí cómo pedían información sobre el tren a Liverpool y el agente les dijo que acababa de marcharse y pasarían horas antes del siguiente. Stangerson pareció muy descontento con la noticia, pero Drebber todo lo contrario. Estaba tan cerca de ellos que pude oír toda su conversación. Drebber dijo que tenía que resolver un asunto y que si el otro le esperaba, pronto se reuniría con él. Su compañero le reprendió y le recordó que habían acordado no separarse jamás. Drebber respondió que se trataba de un asunto delicado y que debía ir solo. No pude oír lo que Stangerson contestó a esto, pero Drebber comenzó a maldecir y le dijo que no era más que un criado al que le pagaba y que no tenía ningún derecho a darle instrucciones. El secretario se rindió y se limitó a decirle que si perdían el tren se reencontrarían en el hotel Halliday. Drebber le dijo que estaría de vuelta en el andén antes de las once y se marchó de la estación.

»Por fin había llegado el momento que yo llevaba tanto tiempo esperando. Tenía a mis enemigos en mis manos. Si permanecían juntos podían protegerse el uno al otro, pero por separado estaban en mi poder. No actué precipitadamente. Ya lo tenía todo planeado. La venganza no reporta ningún placer salvo si la víctima tiene ocasión de saber quién le ataca y que se está llevando a cabo la venganza. Ya había planeado cómo mostraría al hombre que me había atacado que su antiguo pecado le había condenado. Dio la casualidad de que, pocos días antes, un caballero que tenía como misión cuidar unas casas de Brixton Road perdió la llave de una de ellas en mi coche. Esa misma tarde reclamaron la llave y la devolví. Pero en ese lapso hice que la copiaran. Así resultó que tuve acceso a un lugar en esta gran ciudad en donde podría actuar libremente sin ser interrumpido. El problema era cómo llevar a Drebber hasta esa casa.

»Caminó por la calle y se metió en una licorería o

dos, permaneciendo una media hora en el interior de la última de ellas. Cuando salió no podía casi sostenerse en pie y era evidente que estaba bastante borracho. Había un coche justo delante de mí y lo cogió. Lo seguí tan de cerca que el morro de mi caballo estuvo a menos de una yarda del conductor durante todo el trayecto. Pasamos por el puente Waterloo y recorrimos calles y calles, hasta que, para mi asombro, llegamos a la casa en la que se habían hospedado. No tenía ni idea de qué intenciones tenía al volver allí, pero paré mi coche a unas cien yardas más o menos de la casa. Él entró y su carruaje se marchó. Denme un vaso de agua, por favor. Se me seca la boca con tanta charla.

Le di un vaso de agua y lo apuró hasta el fondo.

—Esto está mejor —dijo—. Bien, esperé durante un cuarto de hora o más, cuando de repente oí una gran pelea dentro de la casa. Al momento, se abrió la puerta de par en par y aparecieron dos hombres. Drebber era uno de ellos. El otro era un chico joven que yo no había visto nunca. Este último tenía a Drebber cogido por el cuello. Cuando llegaron al pie de los escalones le dio tal patada que le mandó al otro lado de la calle. «¡Maldito perro!», gritó agitando su bastón frente a él. «¡Te enseñaré a ofender a una chica decente!». Estaba tan indignado que habría apaleado a Drebber con su bastón de no ser porque este salió tambaleándose calle abajo tan deprisa como le permitieron las piernas. Llegó hasta la esquina y al ver mi coche me llamó y se montó. «Cochero, llévame al hotel Halliday», dijo.

»Una vez que le tuve dentro de mi coche, mi corazón saltó de alegría de tal manera que pensé que mi aneurisma empeoraba en este momento final. Marché despacio pensando cuál era mi mejor opción. Podía llevarle al campo y en algún camino apartado tener mi última conversación con él. Acababa de tomar esta decisión cuando él me resolvió el problema. La necesidad de beber se había apoderado de él de nuevo y me ordenó detenerme frente a un bar. Me dijo que le esperara y entró. Allí estuvo hasta que llegó la hora de cerrar, y cuando salió estaba tan borracho que me di cuenta de que le tenía completamente en mis manos.

»No crean que pensaba matarle a sangre fría. Hubiese sido justo, pero yo no hubiese sido capaz de hacerlo. Hacía mucho tiempo que había decidido que él tendría oportunidad de salvar su vida si decidía aprovecharla. Entre los muchos trabajos que desempeñé en Norteamérica mientras fui un vagabundo, fui portero y barrendero en los laboratorios de la Universidad de York. Un día el profesor dio una clase sobre venenos. Mostró a sus alumnos un alcaloide, como él lo llamó, que había obtenido de una punta de flecha envenenada utilizada en Sudamérica y que era tan potente que una cantidad ínfima era capaz de provocar la muerte de inmediato. Me fijé en la botella en la que guardaba el veneno y, cuando todos se hubieron marchado, saqué una pequeña cantidad. Yo era un farmacéutico bastante competente, así que fabriqué con este alcaloide un par de píldoras solubles en agua y coloqué cada una de ellas en una cajita con otra píldora idéntica, pero sin veneno. Decidí que cuando llegara mi oportunidad, estos caballeros elegirían una de las píldoras de la caja y yo tomaría la que ellos dejasen. Sería tan mortífero como dispararles a través de un pañuelo y bastante menos ruidoso. A partir de ese día siempre llevé esas píldoras conmigo y por fin llegó el momento en que habría de usarlas.

»Estábamos más cerca de la una de la madrugada que de las doce. La noche era desapacible e inhóspita, soplaba un vendaval y llovía a cántaros. Y a pesar de lo deprimente de la noche, yo era feliz. Tan feliz que podría haberme puesto a gritar de gozo. Solo si alguna vez en su vida, caballeros, han sufrido enormemente por algo y han deseado fervientemente durante veinte años que algo suceda, y de repente se encuentran con que tienen su sueño al alcance de la mano, serán ustedes capaces de entenderme. Encendí un puro y le di varias caladas a fin de tranquilizarme un poco, pero me seguían temblando las manos y el pulso me latía en las sienes. Mientras conducía el carruaje veía el rostro del viejo Ferrier y la dulce carita de Lucy sonriéndome en la oscuridad tan claramente como los veo ahora mismo a ustedes. Estuvieron enfrente de mí durante todo el trayecto, cada uno de ellos a un lado del caballo, hasta que llegamos a la casa de Brixton Road y detuve el carruaje.

»No se veía ni un alma ni se oía absolutamente nada aparte de la lluvia. Cuando miré a través de la ventanilla vi a Drebber acurrucado y completamente dormido por la borrachera. Le sacudí un brazo. "Es hora de bajar", le dije. "Como tú digas, cochero", me contestó.

»Supongo que pensaba que habíamos llegado al hotel que me había dicho, pues sin decir ni una palabra más, bajó del coche y me siguió por el jardín. Tuve que sostenerle, pues iba todavía bastante cargado. Al llegar a la puerta la abrí y le conduje hasta la habitación principal. Y les juro que, durante todo ese tiempo, el padre y la hija caminaron por delante de nosotros.

»—Está infernalmente oscuro —dijo tropezando por la habitación.

»—Enseguida tendremos luz —dije mientras encendía una cerilla y con ella una vela que llevaba conmigo—. Y ahora, Enoch Drebber —le dije mientras me giraba hacia él y dejaba que la luz de la vela iluminase mi cara—, dime: ¿quién soy?

»Me miró confuso y con ojos de borracho durante un instante. De repente vi el terror en su mirada, el miedo le deformó los rasgos. Y supe que me había reconocido. Reculó, lívido y con la frente perlada de sudor. Le castañeaban los dientes. Al verle, me recosté contra la puerta y me reí a carcajadas. Siempre había sabido que la venganza me resultaría muy dulce, pero no había imaginado la felicidad que en ese momento embargó mi alma.

»—¡Maldito perro! —le grité—. Te he perseguido desde Salt Lake City hasta San Petersburgo y siempre te me escapaste. Y ahora, por fin, tu vida errabunda ha llegado a su fin, pues uno de nosotros dos no verá despuntar el día de mañana. —Mientras yo hablaba había intentado agazaparse lo más lejos posible de mí; me miraba como si estuviese convencido de que yo estaba loco. Y lo estaba realmente. El pulso me martilleaba las sienes y, de no haber sido porque empezó a manarme sangre por la nariz y eso alivió mi tensión, estoy seguro de que habría tenido algún tipo de ataque.

»—¿Qué piensas ahora de Lucy Ferrier? —grité cerrando la puerta con llave y sosteniéndola delante de él—. Has tardado mucho tiempo en recibir el castigo que merecías, pero tu hora ha llegado por fin —vi cómo le temblaban cobardemente los labios mientras me oía hablar. Sé que me hubiese suplicado que le perdonase la vida. Pero él sabía bien que era totalmente inútil.

»—¿Vas a asesinarme? —tartamudeó.

»—Matar a un perro rabioso no es un asesinato —respondí—. ¿Qué piedad tuviste tú con mi dulce amada cuando la separaste a rastras del cadáver de su padre asesinado y la obligaste a ser una más de tu maldito harén?

»—Yo no maté a su padre —gritó.

»—¡Pero fuiste tú quien le destrozó el corazón! —bramé lanzándole la caja—. Dejaremos que sea Dios quien juzgue. Elige una píldora y trágatela. Una de ellas te permitirá seguir viviendo y la otra no. Yo me tomaré la que tú dejes. Veamos si hay algo de justicia en este mundo o todo está en manos del azar.

»Reculó cobardemente suplicando piedad, pero le puse mi navaja en la garganta y allí la mantuve hasta que me obedeció. Entonces yo me tomé la píldora que él dejó y ambos permanecimos algún tiempo mirándonos, como un minuto o algo más, esperando a ver quién de los dos vivía y quién moría. ¿Podré olvidar alguna vez su mirada cuando se dio cuenta de que lo que sentía eran los primeros síntomas de que el veneno estaba en su organismo? Empecé a reír tan pronto como me di cuenta y sostuve la alianza de bodas de Lucy delante de sus ojos. El alcaloide actúa muy deprisa, así que fue todo muy rápido. Un espasmo de dolor retorció su rostro, sus manos salieron disparadas hacia delante y con un grito desesperado cayó pesadamente al suelo. Le giré con el pie y coloqué una de mis manos sobre su corazón. No se movía. ¡Estaba muerto!

»La sangre había estado manando todo ese tiempo por mi nariz y no me había dado ni cuenta. No sé qué fue lo que me impulsó a escribir con ella en la pared. Es posible que fuese un intento de confundir a la policía poniéndola sobre una pista falsa. Estaba exultante de alegría. Recordé que en Nueva York habían encontrado el cuerpo de un alemán que llevaba escrita encima la palabra «Rache». En los periódicos habían aparecido artículos que debatían sobre las sociedades secretas y su posible implicación en el caso. Pensé que lo que había despistado a los neoyorquinos bien podía despistar a los londinenses, así que mojé un dedo en mi sangre y escribí con él sobre la pared en un lugar que fuese adecuado. Caminé hasta mi coche, vi que no había nadie por allí y que seguía haciendo una noche de perros. Había recorrido ya un trecho cuando metí la mano en el bolsillo para tocar la alianza de Lucy, pues solía llevarla allí, y me di cuenta de que no estaba. Fue como un mazazo, pues era el único recuerdo que tenía de ella. Pensé que tal vez se me había caído cuando me incliné sobre el cuerpo de Drebber, así que retrocedí, dejé el coche en la calle e, imprudentemente, intenté entrar de nuevo en la casa. Prefería enfrentarme a cualquier cosa antes que perder ese anillo. Al llegar choqué de bruces contra un policía que salía de la casa y tuve que fingir que estaba completamente borracho para que no sospechara de mí.

»Así fue como la vida de Enoch Drebber llegó a su fin. Ya solo me quedaba hacer algo similar con Stangerson y la deuda que este tenía pendiente con Ferrier quedaría saldada. Sabía que se alojaba en el hotel Halliday. Estuve por allí todo el día, pero no salió en ningún momento. Imaginé que el que Drebber no hubiese aparecido le había hecho sospechar que algo sucedía. Stangerson era listo y estaba siempre en guardia. Si pensaba que podría escapar de mí simplemente permaneciendo dentro del hotel, estaba muy equivocado. Pronto descubrí cuál de las ventanas era la de su dormitorio y a la mañana siguiente, muy temprano, aprovechando una de las escaleras de mano que estaban en el patio trasero del hotel, me introduje en su habitación durante la penumbra del amanecer. Le desperté y le dije que había llegado el momento de que pagase por la vida que había segado tanto tiempo atrás. Le conté cómo había muerto Drebber y le di opción a que eligiera una de las dos píldoras. Pero en vez de tomar la oportunidad que le ofrecía de salvar la vida, saltó de la cama y se me lanzó al cuello. Tuve que apuñalarle en defensa propia. Esto no alteró nada, pues la Divina Providencia no habría permitido que eligiese otra píldora distinta a la emponzoñada.

»Tengo poco que añadir, lo cual es estupendo, pues estoy rendido. Seguí recorriendo la ciudad con mi coche durante un día, más o menos, intentando reunir dinero con el que regresar a Estados Unidos. Estaba en las cocheras cuando se me acercó un pilluelo preguntando por un cochero llamado Jefferson Hope y diciendo que un caballero le necesitaba en el número 221B de Baker Street. Allí fui sin sospechar nada y lo siguiente que recuerdo es a este joven caballero y un par de esposas en mis muñecas. Nunca vi atrapar a alguien con tanta limpieza. Y eso es todo, caballeros. Puede que para ustedes no sea más que un asesino, pero para mí soy tan digno representante de la justicia como puedan serlo ustedes.

El relato del hombre había sido tan emocionante y su forma de relatarlo, tan impactante, que habíamos estado completamente absortos en lo que nos contaba. Incluso los dos detectives de la policía, habituados como debían de estar a ver de todo, parecían estar vivamente interesados en el relato de aquel hombre. Una vez que terminó, permanecimos sentados y callados durante un tiempo en el que solo se oyó el lápiz de Lestrade arañando la superficie del papel, dando los últimos retoques a las notas taquigráficas que había tomado de la declaración del hombre.

—Hay solo una cosa de la que desearía algo más de información —dijo Sherlock Holmes por fin—. ¿Quién vino en busca del anillo que yo anuncié en la prensa?

El prisionero guiñó pícaramente un ojo a mi amigo.

—Yo solo desvelo mis propios secretos —dijo—, pero no voy por ahí metiendo en líos a otras personas. Leí su anuncio, pensé que podía tratarse de una trampa o ser mi anillo. Mi amigo se ofreció voluntario para ir a investigar el asunto. Sospecho que usted cree que lo hizo bien.

—Sin la menor duda —dijo Holmes convencido.

—Ahora, caballeros —dijo el inspector muy serio—, debemos cumplir las normas. El jueves este caballero se presentará frente a los jueces y se les pedirá a ustedes que asistan. Hasta ese momento queda bajo mi custodia —hizo sonar una campanilla mientras hablaba y un par de guardias se llevaron a Jefferson Hope. Mi amigo y yo salimos de la comisaría, cogimos un carruaje y regresamos a Baker Street.

7

Y final

Se nos había hecho saber que debíamos estar presentes en el juicio que se celebraría el jueves, pero llegó el jueves y no tuvimos ocasión de prestar declaración. Un juez del Tribunal Supremo se había hecho cargo de este asunto y había convocado a Jefferson Hope a aparecer delante del tribunal que habría de juzgarle. La misma noche en que fue capturado su aneurisma reventó y le encontraron a la mañana siguiente tirado sobre el suelo de su celda, sonriendo plácidamente. Parecía que justo antes de morir había podido ver toda su vida en perspectiva y moría con la satisfacción del deber cumplido.

—Esta muerte habrá hecho que Gregson y Lestrade estén subiéndose por las paredes —comentó Holmes a la mañana siguiente, mientras charlábamos sobre ello—. Acaban de quedarse sin publicidad.

—No tuvieron mucho que ver con su captura, de todas formas —le respondí.

—Lo que uno hace realmente es lo de menos —replicó él amargamente—. Lo único que cuenta es lo que somos capaces de hacer creer a los demás que hemos hecho. Dejémoslo estar —dijo algo más alegre, tras una pequeña pausa—. No me hubiese perdido esta investigación por nada del mundo. No recuerdo ningún otro caso comparable a este. A pesar de su simplicidad, tenía muchos puntos de lo más instructivo.

—¡Simplicidad! —exclamé.

—Francamente, no hay ninguna otra manera de describirlo —dijo Holmes, a quien mi sorpresa había hecho sonreír—. La prueba de su simplicidad intrínseca es que sin ninguna ayuda externa, exceptuando un par de deducciones elementales, pude capturar al criminal en tres días.

—Eso es cierto —admití.

—Ya le he explicado que los hechos poco habituales, más que complicar un caso, lo que hacen es simplificarlo. A la hora de resolver un problema de este tipo, lo realmente necesario es ser capaz de razonar hacia atrás. Es algo muy útil y sencillo, pero sin embargo la mayoría de las personas no lo practican. En nuestra vida diaria lo común es razonar pensando en lo que va a suceder, y acabamos descuidando el otro tipo de razonamiento. Por cada cincuenta personas capaces de razonar sintéticamente, hay una que puede hacerlo analíticamente.

—Le confieso —dije— que no le entiendo.

—Tampoco esperaba que lo hiciese. Veamos si puedo decírselo más claro. Si usted relata una sucesión de hechos, la mayoría de las personas son capaces de predecir qué sucederá a continuación. Relacionan todos los datos en su cerebro y llegan a la conclusión de que algo sucederá. Sin embargo, hay muy pocas personas que sean capaces de, conociendo un hecho, proporcionar la cadena de acontecimientos que lo causaron. A esa capacidad me refiero cuando hablo de razonar hacia atrás, o analíticamente.

—Ya entiendo —dije.

—Este era un caso que partía del resultado y lo que había que hacer era descubrir todo lo demás. Permítame que intente desvelarle algunos de los pasos que seguí en mi razonamiento. Empecemos por el principio.

»Me acerqué a la casa, como recuerda, caminando y sin ninguna idea preconcebida acerca del caso. Naturalmente, comencé por estudiar la calzada y allí, como ya le he explicado, vi las huellas de un carruaje que, como confirmé luego, parecía haber estado allí durante la noche. Comprobé que se había tratado de un coche de alquiler y no de uno privado al fijarme en la anchura de las ruedas. En Londres, los coches de alquiler tienen las ruedas considerablemente más estrechas que cualquier carruaje de un caballero.

»Ya tenía algo asegurado. Entonces avancé despacio por el sendero del jardín, que resultó estar hecho de suelo arcilloso, y capaz por tanto de conservar muy bien cualquier huella. Sin duda, aquello a usted le parecería un barrizal revuelto, pero para mí, que ya estoy entrenado, cada una de las huellas tenía un significado. Para un detective no hay otra rama del conocimiento que sea tan útil y al tiempo quede siempre tan marginada como el rastreo de huellas. Afortunadamente, siempre he tenido un gran interés en ello y he practicado tanto que en mi caso es ya una habilidad natural. Vi las huellas pesadas del policía, y también las de dos hombres que habían cruzado el jardín antes que él. Era fácil llegar a la conclusión de que ellos habían sido los primeros en pasar por allí, pues sus huellas habían sido pisoteadas por las de todos los demás. Ahí deduje el segundo punto importante: los visitantes nocturnos habían sido dos. Uno de ellos muy alto, a juzgar por la longitud de su zancada, y el otro iba elegantemente vestido, a tenor de la huella pequeña y elegante que sus botas habían dejado.

»Al entrar en la casa pude comprobar este segundo punto. El hombre de bonitas botas estaba delante de mí. Entonces era el alto el que había cometido el asesinato. Si es que se trataba de un asesinato. No había ninguna huella de violencia en el cadáver, pero su rostro distorsionado indicaba que antes de morir había tenido tiempo de darse cuenta de lo que iba a sucederle. Una persona que muere de un ataque al corazón, o tiene cualquier otro tipo de muerte repentina por causas naturales, nunca jamás muestra la menor agitación en su rostro. Al oler los labios del hombre percibí un ligero olor agrio y llegué a la conclusión de que le habían obligado a ingerir algún tipo de veneno. Deduje que le habían obligado a tomarlo por la expresión de odio y terror en su rostro. Llegué por exclusión a esta conclusión, pues ninguna otra explicación cumplía todas las premisas. No crea que se trata de un procedimiento desconocido hasta ahora: la administración forzada de algún tipo de veneno no es nada nuevo en los anales del crimen. Cualquier toxicólogo recordaría de inmediato el caso Dolsky en Odessa, o el caso Leturier en Montpellier.

»Llegamos por fin al punto fundamental: el móvil. Desde luego, el robo no había sido el móvil del asesinato, pues nada se llevaron. ¿Se trataba de alguna razón política o había una mujer de por medio? Eso fue lo que intenté averiguar. Desde el primer momento me incliné por la segunda opción. Cualquier asesino, si su móvil es político, comete su crimen y desaparece. Y en cambio este asesinato había sido cuidadosamente planeado, el asesino había dejado sus huellas por toda la habitación, dejando bien claro en todo momento que había estado allí. Debía de tratarse de algún asunto u ofensa de tipo personal. Una venganza así no podía haber sido motivada por una cuestión política. Cuando descubrimos el escrito de la pared, me incliné aún más a pensar que estaba en lo cierto. Se trataba sin duda de un intento de confundirnos. El anillo confirmó toda la cuestión. Era obvio que el asesino lo había utilizado para recordar a una mujer ya muerta o ausente. En ese momento pregunté a Gregson si en el telegrama que había enviado a Cleveland inquiría acerca de algún punto concreto de la biografía de Drebber. Recordará que respondió negativamente.

»Entonces me dispuse a examinar cuidadosamente la habitación. Ahí pude confirmar la altura del asesino y también tuve ocasión de recoger más pistas, como por ejemplo la relativa a los puros Trichinopoly o la longitud de sus uñas. Al no haber señales de una pelea, llegué a la conclusión de que la sangre que había por todas partes debía ser la del propio asesino, que había manado espontáneamente de su nariz debido a la gran excitación de este. Me fijé en que las huellas de sus pisadas corrían paralelas al rastro de sangre. Es muy poco frecuente que, por muy grande que sea la emoción a la que está sometido un hombre, esta le haga sangrar por la nariz. Salvo que su tensión arterial sea enorme. De ahí deduje que había de tratarse de un hombre robusto y de tez rojiza. El tiempo acabó dándome la razón.

»Al abandonar la casa hice lo que Gregson descuidó hacer. Telegrafié al jefe de policía de Cleveland y solo solicité información relacionada con el estado civil de Enoch Drebber. La respuesta fue clarificadora. Me dijeron que había solicitado protección frente a un rival despechado por una cuestión de amores, llamado Jefferson Hope, y que ese mismo Hope estaba ahora en Europa. Supe entonces que tenía todas las claves del misterio en mi mano. Lo único pendiente era atrapar al asesino.

»Tenía ya claro que el hombre que había entrado en la casa con Drebber era el mismo que había conducido el carruaje. Las huellas que había en la calle demostraban que el caballo había vagado por allí a su antojo, cosa que no habría sucedido si alguien hubiese estado en el pescante. ¿En qué otro lugar podría estar el cochero sino en el interior de la casa? De nuevo, es absurdo suponer que un hombre en su sano juicio cometería un crimen en las narices de un tercero. Es evidente que este le traicionaría. Además, para concluir, si se desea rastrear a un hombre por Londres, ¿qué mejor método de conseguirlo que trabajando de cochero? Y así llegué a la conclusión de que Jefferson Hope era uno de los cocheros de la metrópoli.

»Si había trabajado como cochero, era absurdo suponer que hubiese dejado de hacerlo. Desde su punto de vista, cualquier cambio repentino solo serviría para llamar la atención sobre él. Durante un tiempo, al menos, seguiría trabajando en el mismo sitio. No había motivos para suponer que habría cambiado su nombre: ¿para qué hacerlo en un país en el que nadie le conocía? Así que organicé a mi tropa de pequeños golfillos de la calle y los mandé a las cocheras de todas las compañías de carruajes de Londres sistemáticamente, hasta que dieron con el hombre que yo buscaba. Seguro que recuerda lo bien y lo rápido que lo hicieron. El asesinato de Stangerson fue algo totalmente imprevisto y, en cualquier caso, imposible de evitar. Gracias a él pude conseguir las píldoras cuya existencia yo ya sospechaba. Si se da cuenta, todo el asunto sigue una cadena de hechos lógicos sin ningún tipo de fisura.

—¡Es asombroso! —exclamé—. Su mérito debería tener reconocimiento público. Debería publicar una reseña del caso. Si usted no lo hace, yo mismo lo haré.

—Haga lo que estime oportuno, doctor —respondió—. Mire! —continuó pasándome un periódico—. ¡Mire esto!

Se trataba del *Echo* del día y el párrafo que él me indicaba trataba de nuestro caso.

«El público —decía— se ha quedado sin un capítulo de excepcional interés debido a la repentina muerte de Jefferson Hope, presunto asesino de los señores Enoch Drebber y Joseph Stangerson. Probablemente nunca llegaremos a conocer los detalles de este caso. Aunque sí hemos podido saber de buenas fuentes que estos hechos fueron el resultado de una antigua disputa amorosa en la que el mormonismo también jugó un papel importante. Parece que ambas víctimas pertenecieron a los Santos del Último Día en su juventud y que Hope, el prisionero fallecido, también era natural de Salt Lake City. Este caso tiene como consecuencia, aunque sea la única, la prueba palpable de la eficiencia de nuestra policía metropolitana. Es, además, un aviso para todos los extranjeros: que comprendan que es mejor que resuelvan sus disputas en sus países de origen y que no las traigan a suelo británico. Es un secreto a voces que los conocidos detectives de Scotland Yard, los señores Gregson y Lestrade, son los responsables de la captura del hombre. Parece ser que fue apresado en el domicilio de un detective aficionado, un tal Sherlock Holmes, quien también ha demostrado tener un cierto talento y quien, con tales maestros, es de esperar que con el tiempo llegará a tener parte de su maestría. Se espera que ambos detectives reciban algún tipo de recompensa por su trabajo.»

—¿Recuerda que se lo dije desde el primer momento? —rio Sherlock Holmes—. Este es el resultado de nuestro *Estudio en escarlata*: que ellos reciben una recompensa.

—No se preocupe —respondí—, en mi diario están recogidos todos los hechos y la gente los conocerá. Mientras tanto deberá conformarse con ser consciente de su propio éxito, como el avaro romano:

> *Populus me sibilat, at mihi plaudo*
> *Ipse domi simul ac nummos contemplor in arca.*

Índice

Los tres primeros títulos de la Biblioteca Sherlock Holmes en Booket:

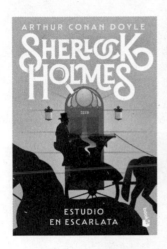

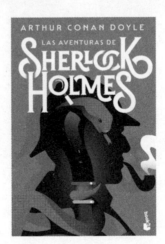